「じゃあいくよ」
ボキボキっと指を鳴らすと、暴れる俺へと近づいてきた。

illustration by CHIHARU NARA

オジさんパラダイス ～愛《あい》される理由《わけ》～

愁堂れな
RENA SHUHDOH

イラスト
奈良千春
CHIHARU NARA

Lovers Label

CONTENTS

1

「桜田《さくらだ》部長、ありがとうございますー！　なんかわがまま言っちゃったみたいですみません！」

「いや、いいよ。今回頑張ってくれたし」

一応『わがまま』という自覚はあるわけだ、と内心溜《た》め息《いき》をつき、うきうきとした顔で隣を歩く松本梨香子《まつもとりかこ》をこっそり見やる。

彼女は俺が部長をしている経理部に配属になった事務職の新入社員だ。今日ようやく九月の決算期を無事に終えることができたのだが、夜九時すぎまで残業をさせてしまった慰労《いろう》のため、彼女の希望をかなえるべく、こうして神楽坂の路地を歩いているというわけだった。

深夜ならともかく、九時程度の残業でこんな慰労は too much だと誰もが思うに違いない。誰も思わなくてもまず俺が思う。が彼女はただの『新入社員』ではないのだ。

そもそも当社は――ルミナス企画は、基本的に新卒の事務職を採用しない。今から十五年前、大手広告代理店に勤務していた現社長、松本光太郎《まつもとこうたろう》が独立し起業した会社であり、社員数三十五名、業容は広告代理店の下請《したう》けでＣＭを制作している。

俺は会社の草分け時代からいる社員のため、学歴もこれという資格もないのに部長職についている、ついこの間三十八歳になったばかりのおっさんだ。

俺も充分『特別待遇《たいぐう》』ではあるのだが、俺以上に特別待遇である新入社員、松本梨香子は、名字から連想できるとおり社長の一人娘であり、就職難の昨今《さっこん》、受験したすべての会社に袖《そで》にされた結果、縁故《えんこ》で父親の会社に入社した、いわば部下ではあるが経営者のお嬢さんでもある。

どうも社長は一人娘をそれこそ蝶《ちょう》よ花よと育てたようで――まあ、年がいってからできた一人娘なので気持ちはわからないでもないが――社会人としては『失格』の一言しかない。

権利は人並み以上に主張するが義務は果たさない。仕事の覚えは悪い上に、定時になると速攻で帰ってしまう。

華やかな仕事に憧《あこが》れているのだが、社長も『蝶よ花よ』で育ててはきたものの会社も大事なので、対外的な仕事につかせることは躊躇《ためら》い、俺の部下に据《す》えた。普段、経理部はそこまで忙《いそが》しくはないのだが、期末ともなるとそうもいかない。しかも締め日当日に頼りになるベテラン事務職が食中毒《しょくちゅうどく》に倒れ、新人の彼女にも残業をしてもらわざるを得なくなった。

散々《さんざん》文句を言う梨香子を『決算が終わったら必ず慰労をするから』――父親である社長の金で、というカッコはついた――と宥《なだ》めすかして仕事をさせ、なんとか全てのインプットを終えることができたのが今から三十分ほど前のこと。いやいや義務を果たした彼女は仕事が終わった途端《とたん》、当然のごとく『権利』を主張してきた。

「この間パパに連れていってもらったバーに行きたいです！」

　俺がパソコンの電源を落とすより前にそう訴《うった》えかけてきた彼女を前に、前日も終電を逃す時間まで会社にいたものの、約束は約束だ、と腹を括《くく》り、疲弊《ひへい》しきった身体をおしてこうして付き合っているのだった。

「あ、ここです、ここ！」

　梨香子が一段と弾《はず》んだ声を出し、どう見ても人の家では？　というような建物の前で足を止めた。

「ここ？」

「そう！　ここ！　『ガラスの動物園』！」

「テネシー・ウィリアムズ……？」

　表札と思ったところには確かに『The《ザ》 Glass《グラス》 Menagerie《メナージュリー》』の文字がある。梨香子はバーに行きたいといっていたから、ここがそのバーなのか？　と彼女を見る。

「テネシーワルツ？」

「そりゃ江利《えり》チエミだろう」

「エリチエミ？」

　なんですか、それ、と、梨香子がきょとんとした顔になる。

「えーと……昭和の時代にね……」

　江利チエミの説明をしはじめた俺をしみじみと見つつ、梨香子が感心した声を上げる。

「桜田部長ってやっぱり、見たまんま、おじさんですねー」

「……そう……だけど」

二十三歳の彼女からしてみたら、三十八歳の俺はどう考えても『おじさん』だろう。今更《いまさら》いうまでもない事実なので相槌《あいづち》の打ちようがなく困っていると、梨香子が、

「違うんですよぅ」

と上機嫌《じょうきげん》のまま言葉を続けた。

「このバー、入店資格があるんです」

「入店資格？」

懐《なつ》かしのディスコのようだ――なんてまた、『おじさん』扱《あつか》いされるようなことを言いそうになり慌《あわ》てて口を閉ざす。

「そう。三十五歳以上の男性と、その同伴者しか入店できないんですよぅ」

「……三十五歳……」

確かそんなイタリアンレストランがちょっと前に西麻布あたりにあったように思う。雑誌だかテレビだかで見た記憶があった。そのときにも年齢での区分けにそう意味があるものなのかと疑問を覚えたのだが、今もまた俺は、その年齢制限にはどんな意味が、と首を傾《かし》げてしまっていた。

「前にパパに連れてきてもらったんですけど、もう、イケてるおじさまばかりがいらしてて、

超眼福《がんぷく》だったんですよぅ！」

うっとりした目をしながら梨香子がそう告げ、俺の腕を取る。

彼女は誰の目から見ても美人といっていい整った容姿をしている上、今日はこの店に来ることに決めていたらしく、服装も身体のラインがそのまんま出る薄手のワンピース姿だった。

顔もいいがスタイルも抜群《ばつぐん》にいい。今時の若者といおうか、腰の位置は高いし足も長い。そして胸はおそらくFカップはある。

男なら若くて綺麗《きれい》な、そして胸も大きくスタイルもいい女性に性的興味を覚えて当然だろう。が、俺はその範疇《はんちゅう》にない。実はあるトラウマから俺は女性全般、苦手になってしまっていたのだった。

嫌悪感はないが『その気』にはなれない。だからこそ社長も大切な一人娘を俺の部下にしたのだろうが、今日ばかりはそんな社長の親心を恨《うら》めしく思いつつ、

「さあ、行きましょう！」

と張り切る彼女に声をかけた。

「ちょっと待ってくれ。俺はイケてるオヤジじゃないけど……」

「わかってます」

俺を振り返りもせず梨香子がきっぱり答える。

「………」

ここは世辞《せじ》でも『そんなことはない』と言うところじゃないのかと絶句《ぜっく》した俺をようやく振り返ると梨香子は一言、

「大事なのは三十五歳以上に見えるかどうか。それだけです」

そう言い捨て、強引に俺の腕を摑《つか》みドアへと向かっていった。

「入店制限は年齢だけなの？」

「この間聞いた限りではそうでした」

「イケてる人ばっかりだったのに？」

「イケてないオヤジは空気読んで二度と来ないんじゃないですか」

さっき梨香子は、俺が自分のことを『イケてない』と言ったときに『そうですね』と流した。ということは彼女の目から見ても俺は『イケてない』オヤジであるわけなのに、この冷たい言いようは酷《ひど》いな、と密《ひそ》かに傷つく。

まあ、自分でも『イケてない』自覚はあるからいいのだけれど、とぶつくさ呟《つぶや》く俺になどまったくかまわず、

「さ、行きますよ」

と嬉々《きき》としながらドアを開いた彼女に続き、店内に足を踏み入れた。

「…………」

当然かかるべき『いらっしゃいませ』の声がしない。が、そこは紛《まご》うかたなき『バー』だっ

た。

十席ほどのカウンターと、ボックスシートが二つ。間接照明のみに照らされた薄暗い店内だったが、目が慣れてくるとようやく店の装飾やらバーテンやら、既《すで》に訪れていた客の様子やらが見えてくる。

「さあ、座りましょう」

歓迎《かんげい》ムードは一切ないにもかかわらず、梨香子は俺の腕を引き、カウンターに腰かけた。

「い、いいの？」

座りたいところに座っても、と、無言のバーテンを横目に彼女に尋ねると、

「この間もこんな感じだったから大丈夫です」

と涼《すず》しい顔で答える。

「すみません、私、ドライマティーニ。部長は？」

カウンター内には一人のバーテンが佇《たたず》んでいた。ロマンスグレーという表現がぴったりの長身で、白いシャツに黒いベストがとてもよく似合っている。

バーテンというより、海外の映画に出てくる執事《しつじ》のイメージがあった。白髪《しらが》の比率の多い髪をぴっちりと後ろに撫《な》でつけている髪型が、凛々《りり》しい顔を引き立てている。

梨香子が声をかけたため、少し離れていたところにいた彼が俺たちの前に近づいてきた。

「ええと……」

酒はビールや焼酎《しょうちゅう》は飲むが、カクテルにはまったく明るくない。一つとして思い浮かばないため、そうだ、同じのを頼もうと心を決め、口を開こうとしたそのとき、バーテンのほうが先に言葉を発した。

「失礼ですが、身分証明書をご提示いただけますか？」

「えっ」

思わず絶句したのは、まず、やはり年齢以外にも入店資格があったのでは、と思ったためだった。

たとえば収入。そして社会的身分。梨香子は父親に連れてきてもらったといっていたが、松本社長の外見はいかにも経営者、という立派なものなのだ。業界人らしいお洒落《しゃれ》な雰囲気《ふんいき》もある。そんな彼だからこそ入店できたのであって、スーツはツルシの安物、髪型はほぼ七、三とダサさの極《きわ》み、そして黒縁《くろぶち》の眼鏡《めがね》姿の俺では年齢は達していても、やはり許可は得られないのでは、と梨香子を見る。

「え？　この人、どう見ても三十五歳以上でしょ？」

梨香子は素《す》でびっくりしてバーテンに問いかけていたが、バーテンは彼女を見ようともしなかった。

「め、免許証でいいでしょうか？」

身分証明書といえばそれしか持っていない。バーテンが頷《うなず》き、すっと手を差し出してくる。

慌《あわ》てて財布を探り、免許証を取り出して彼に渡すと、バーテンはまず免許証をじっと眺《なが》め、続いて俺の顔を凝視《ぎょうし》し、また免許証へと視線を戻し――と少なくとも三十秒は免許証と俺を代わる代わる見つめていた。

「ありがとうございました」

ようやくバーテンが俺に免許証を返してくれたのだが、端整《たんせい》な彼の顔に笑みが浮かんでいることに、俺は少しだけほっとした。

「ご注文は」

問いかけてくれたということは入店が許されたのだろう。更にほっとしつつ、なんだっけ、と梨香子を見る。

「私はドライマティーニですけど」

梨香子は少し機嫌が悪そうだった。先ほどバーテンに無視されたことがまだ尾を引いているようだ。これで『帰る』とか言ってくれたら気が楽なんだけど、と思ったのだが、彼女の口がその言葉を告げることはなかった。

「じゃ、じゃあ私も同じで」

おそるおそる告げるとバーテンは、

「かしこまりました」

と丁寧《ていねい》に一礼し、俺たちの前を離れていった。

「？」

酒を作りにいったのかと思ったが、彼が向かったのは、カウンターの端《はし》に座っていた先客のもとだった。

先客は二人おり、どうやら知り合いらしい。が、見た感じ、印象は随分《ずいぶん》違う二人組である。

一人はラフなスタイルながらスタイリッシュというか、洗練された雰囲気を感じさせた。遠目、かつカウンターの並びで顔はよく見えないが、なんとなく、見覚えがあるような気がする。

といっても知人というわけではなく、マスメディアで見た、という感じだ。誰だったかな、と首を傾げつつその隣に座る男へと視線を移す。

こっちはなんというか――ガテン系。その一言に尽《つ》きた。角刈《かくが》りといってもいい短髪。そしてノースリーブのシャツ。二の腕の筋肉が綺麗に盛り上がっているが、空調のよくきいた店内でのノースリーブはもしや、それを誇示《こじ》したいがためかもしれない。

まったく共通性のない二人ではあるが、一点のみ同じカテゴリーに入れられる特徴があった。それは何かというと――梨香子をして『イケてるオヤジばかり』と言わしめた、その点である。二人とも超がつくほどのイケメンだった。しかもそれぞれ雰囲気は違うものの、魅力的《みりょくてき》としかいいようのない雰囲気を身に纏《まと》っている。

その二人がバーテンとの会話のあと、一斉《いっせい》に俺へと視線を向けてきた。

「……っ」

なんだ、と身構えた俺の横から梨香子が、

「部長、どうしたんですか？」

と顔を覗《のぞ》き込んでくる。

「あ、いや、その……」

彼女はちょうどスマホをいじっていて客たちのほうを見ておらず、何も気づいていないようだ。

二人がこっちを見ている、ということをわざわざ教えることもないかと俺は適当に笑って誤《ご》魔化《まか》そうとしたのだが、誤魔化しようがないような事態が起こりつつあった。

というのもなぜか客の二人が席を立ったかと思うと、俺たちへと向かってきたのだ。

「え？」

まず梨香子が戸惑《とまど》いの声を上げ、俺を見た。

「え？」

それで俺は、ああ、彼らは梨香子に話しかけるために近づいてきたのかとようやく察した。

そりゃそうだ。俺のわけがない。彼女がナンパされたらどうしよう。一応上司としては妨害《ぼうがい》すべきなんだろうか。でも彼女の顔は期待に輝いている。

本人がすっかりその気なのに、水を差すのはいかがなものか。部下かつ社長令嬢とはいえ、梨香子も二十三歳と成人しているんだし——とあれこれ葛藤《かっとう》していたが、それらはすべて無駄《むだ》となった。

「あの」

なんと、マスコミで顔を見たことがあると思ったスタイリッシュな男とガテン系のイケてるオヤジ、二人にとって用があったのは俺だったのだ。

「は、はい?」

背後に立たれ、声をかけられる。二人を振り返った俺の頭に浮かんだ言葉は、

『近くで見ても、相当イケてるなー』

という感想のみだった。

なぜ声をかけられたのか、さっぱりわからず問い返したのだが、続く彼らの言葉には声を失うこととなってしまった。

「『GAMBLERS《ギャンブラーズ》』のベース、YOSHINOさんですよね?」

「桜田由乃《さくらだよしの》さんですね?」

勢い込んだ二人に問われ、答えられずにいる俺の横では、梨香子が、

「部長?」

と眉《まゆ》を顰《ひそ》めている。当たり前だ。彼女が『GAMBLERS』なんてバンドを知るわけがない。よほどのマニアでないかぎり、記憶になど残っているわけのない二十年前に解散したバンドの名を――そしてそこに所属していた俺の名をなぜに彼らは告げているのかと啞然《あぜん》としている俺

に対し、二人は更に熱っぽく声をかけてきた。

「間違いない！　YOSHINOだ！」

「お会いしたかった！　YOSHINO！」

感極《かんきわ》まった声を上げ、二人が俺に向かってくる。

「えっ？　えっ？」

ぎょっとしたあまり固まってしまっていたそのとき、勢いよくドアが開いたかと思うと、興《こう》奮《ふん》した声を上げながら一人の男が店内に飛び込んできた。

「YOSHINOが来てるって本当かっ」

「す、芒野《すすきの》リョウっ？」

梨香子が仰天《ぎょうてん》した声を上げる。俺もまた唐突《とうとつ》に現れた、何年もにわたり『抱かれたい俳優ナンバーワン』の座に輝いている超がつくほどの人気俳優を前に、彼女以上の驚きに見舞われ、言葉を失っていた。

「ああ、YOSHINO！」

しかもその人気俳優が俺に気づいたと同時に駆け寄り、前に跪《ひざまず》いたのだ。驚いたあまりスツールから転がり落ちそうになった身体を、ガテン系が腕を伸ばし支えてくれた。

「YOSHINO！」

「ああ、YOSHINO！」

「YOSHINOー!!」

カウンターを背に立ち尽くす俺を囲んで、イケてる——なんて言葉では言い尽くせない、それぞれに魅力的な三人の男たちが三方から縋《すが》り付いてくる。

「ぶ、部長?」

俺も引いていたが、梨香子は更にドン引きしていた。

「YOSHINOってなんなんです? そういや部長の名前って『由乃』でしたっけ?」

「あ、うん……」

返事をする間もなく、芒野が俺に抱きつきながら切々《せつせつ》と訴えかけてきた。

「ご馳走《ちそう》させてください、YOSHINO。あなたと共に飲めるなんて夢のようです。ああ、マスター、連絡をありがとう。今日は僕にとって人生最高の日となりました……っ」

「思いは私も同じですから」

マスターが興奮する彼に微笑《ほほえ》み答えている。

「……え?」

ということはあの『身分証明書』は俺の名を確認するためだったのか、とバーテンを見ると、今までクールな表情しか見せていなかった彼までもが熱い眼差《まなざ》しを向けてきたのに、俺はもう何も言うことができず、ただただその場で立ち尽くしてしまった。

「『GAMBLERS』のYOSHINOが目の前にいる! このような幸福、あなたのファンと共に

分かち合わずしてどうしましょう」

「ふぁ、ファン……」

もしかして、と自分を取り囲む三人の男たちを見やる。

「そうです。お三人ともあなたのファンなのですよ」

「ファン？　部長の？　芒野リョウが？　なんで？？」

わけわかんないんですけどー、と梨香子が騒ぐが、今や彼女に対し、答えを与えてくれるような者は誰一人としていなかった。

「YOSHINO！」

「YOSHINO、こちらを向いて」

「YOSHINO、愛しています」

「愛してるーっ？？」

梨香子の絶叫《ぜっきょう》が店内に響《ひび》き渡る。ものすごいホーン数だろうに誰も見向きもしないという状《じょう》況下《きょうか》、俺は困り果て天を仰《あお》いでしまっていた。

『GAMBLERS』――伝説にもなっていない、一部のマニアしか知らないであろうバンドの結成は今から二十数年前、ちょうどバブル期に翳《かげ》りが現れ始めた頃である。

いわゆるビジュアル系の括りに入るそのバンドのリーダーは、ボーカルもしていた高校の先輩、鹿野貴志《かのたかし》で、家も近所で部活動も同じだった俺は、なり手のいなかったベースに駆り出されたのだった。

時代はバンドブーム。素人《しろうと》バンドのオーディション番組も充実していた。『GAMBLERS』もそうしたオーディション番組から全国区となったバンドだった。

テレビに出始めた頃は皆、高校生で、一応進学校だったこともあり、高校にバレたらヤバい、と当時流行のビジュアル系バンドを真似《まね》て、素顔がわからないくらいに化粧《けしょう》をしていた。

演奏の技術は学校のクラブ活動の延長でしかなく、ボーカルが作詞作曲した曲もトンチキとしかいいようがなかったが、現役高校生、しかもかなりの進学校――実際はそこそこのレベルでしかなかったが――という点が話題となり、『GAMBLERS』はあっという間に人気バンドに成り上がっていった。

メジャーデビューはそれから一年後で、俺以外のメンバーは皆、高校を卒業していた。小さくはあったが芸能事務所にも所属していたので、事務所経由でテレビ出演も増え、コンサートをやらないかどうかという話も出た。

バンドのメンバーは皆、有頂天《うちょうてん》になっていた。大学に進学した者は誰もおらず、音楽の世界で生きていく気満々だった。俺自身も高校を卒業したら音楽活動に専念しようと思っていたし、夢の全国ツアーを早く実現させたいと思っていた。

CDもそこそこ売れたし、テレビに出れば女の子たちにキャーキャー騒がれた。おかげで俺らは肝心《かんじん》なことに気づかぬまま浮かれ続けてしまった。

『肝心なこと』というのは即《すなわ》ち、自分たちに音楽の才能がどれだけあったか、ということである。

バンド活動が突然終結を迎えたのは結成して間もなく三年目に入ろうとしていた頃、ちょうど俺が高校を卒業する年だった。

ボーカルの鹿野が大手芸能事務所に引き抜かれ、バンドは解散となってしまったのだ。

業界では——否、一般人であっても、知らない人間はまずいないと思われる、大手芸能事務所が欲しかったのは、九割方のファンの人気を独り占《ひとりじ》めしていた鹿野一人で、たいした腕前でもなければ容姿も十人並みのギターやドラム、それにベースはお荷物と、ばっさり切り捨てられたようだ。

ソロとして来てほしい、仲間はいらないと言われ、鹿野はあっさり仲間を捨てた。一秒たりとて迷わなかったとあとから聞いて、さすが、と感心したものだ。

鹿野とは幼馴染《おさななじ》みでそういう性格だとわかっていたために俺は『さすが』で済んだが、他のメンバーの腹立ちは半端《はんぱ》なく、摑み合いの喧嘩《けんか》となった挙げ句《あげく》、それでも独立していく鹿野の足を引っ張るべく、週刊誌に鹿野のスキャンダルをリークしたりもしたようだ。

それが原因――というより、やはり実力不足だったためだとは思うのだが、ソロになっても鹿野はあまり売れなかった。ギターの松田一平《まつだいっぺい》とドラムの雨月《うづき》リュウはその後、音楽の世界から足を洗い、それぞれガラス店と家具屋という家業を継いでいる。

俺はその後、一浪して二流の大学に入り、四年後に卒業。既にバブルが崩壊《ほうかい》していて就職難となっている中、手当たり次第に会社を受けた。松本社長の会社を受けた際に『GAMBLERS』のYOSHINOだと気づかれ、

「ファンだったんだよ！」

と熱く訴えかけられて入社が決まるというラッキーな展開となり、たった二年間ではあったもののバンド活動も無駄じゃなかったなと、しみじみ思ったのだったが、それ以降、その手の恩恵《おんけい》はまったく受けたことがなかった。

なのにここにきてどうして、と俺は入社試験会場での松本社長同様に、「YOSHINO！」と熱く訴えかけてくるオヤジ――というにはイケてる度合いが高すぎる男たちを前に、ただただ唖然とし立ち尽くしてしまっていた。

「あのー、部長、部長って芸能人だったんですか？」

ここで救いの手が入る。一人置いていかれた感のあった梨香子が不機嫌さ丸出しで問いかけてくれたおかげで、俺は我に返ることができた。

「す、すみません、連れがいますので」

文字通り抱きついていた芒野にそう声をかけ、他の男たちにも愛想笑《あいそ》いを返す。

「失礼したね。そのお嬢さんが帰ったらゆっくり話をしよう」

俺が声を発した途端、芒野ははっとした顔になったが、いかにも名残惜《なごりお》しそうにしながらも俺から離れてくれた。他の二人も残念そうに溜め息を漏らしつつ立ち上がる。

「帰らないけどね」

いかにも『早く帰れ』と言わんばかりの芒野の発言に、梨香子があからさまにむっとした声を出した。

「失礼、お嬢さん、そういう意味ではありません」

だがその彼女も芒野にそう声をかけられると、ころっと機嫌を直してしまった。

「ならいいんですけど」

顔を赤らめる彼女に、超有名俳優が女心を蕩《とろ》かすような笑顔で問いかける。

「あなたはYOSHINOの部下なのですね。お勤め先はどちらですか?」

「ルミナス企画という、広告代理店の下請けです。父が社長をしているんです」

「広告代理店……YOSHINOはそこに勤めているんですね……」

「下請け、です」

うっとりと告げる芒野に、一応、と訂正を入れる。途端に芒野が俺を振り返り、熱い視線を浴びせてきた。

「YOSHINO、もっと喋《しゃべ》ってください。僕に話しかけて」

「あ、あの……」

「リョウさん、さっきツレがいるって言われたばかりでしょうに」

ここで思わぬ救いの手が入った。傍らにいた男が——テレビか雑誌で顔を見たことがあると思った彼がそう、割り込んできてくれたのだ。

「ああ、そうだった」

残念そうな顔になった芭野が、肩を竦める。

「あちらで飲みましょう」

自分たちが座っていたスツールを目で示したあと、その男が俺に向かい会釈《えしゃく》をしつつ口を開いた。

「大変失礼しました。萩原月下《はぎわらげっか》と申します。あなたのファンです」

「萩原月下！　小説家の？.？」

俺が思い出すより前に、そう声を上げたのは梨香子だった。

「お嬢さん、大変失礼しました」

月下が梨香子に向かい、にっこりと微笑みかける。

「い、いえ……」

梨香子は今や、ぽうっとなっていた。萩原月下に話しかけられたのだ。わからないでもない、と改めて俺も彼を見やる。

恋愛小説のカリスマ。次々ベストセラーを上梓する彼の顔は、雑誌やテレビでよく見かけていた。

確か雑誌でもテレビでも恋愛相談のコーナーを持っていたように思う。理知的な雰囲気と優しげな微笑みを前に、相談者——多くは若い女性だ——がぽうっとなる気持ちもわかるなと思いながらテレビを見ていたことを思い出す。

まさか彼も俺の——というより『GAMBLERS』の、だろうが——ファンだったとは、と驚いていると、今度はガテン系が声をかけてきた。

「自分は田村紅葉《たむらこうよう》といいます。しがない大工ですがYOSHINOの熱狂的なファンです」

「田村紅葉！　あの有名な建築家の？」

またも俺より先に相手を認識した梨香子が高い声を上げる。

「大工ですよ、お嬢さん」

ガテン系——否、田村紅葉に微笑まれ、梨香子はまたもぽうっとなった。その気持ちも痛いほどにわかる。それだけ笑顔になったときに零《こぼ》れた彼の白い歯は魅力的だったのだ。

そんなに有名な建築家——大工か？——なのか、と俺が思っているのがわかったのか、我に返ったらしい梨香子がこそりと囁《ささや》いてきた。

「自分の家を是非《ぜひ》、田村紅葉に建ててほしいとセレブから指名がくる、有名な建築家です。五年待ちとも言われてます」

「五年……」

凄《すご》い、と目を見開いた俺に対し、紅葉が照れたように笑って頭をかく。

「オーバーですよ、お嬢さん」

その笑顔もまた魅力的だと思ったのは当然俺だけではなく、梨香子は真っ赤になり「だって本当のことじゃないですか」と言い返していた。

超がつくほどの有名俳優、同略の小説家、それにまたしても同略の建築家。三人が二十年も前にたった二年間だけ活動したしょぼいバンドを知っているなんて、凄いよな、と感心していた俺に向かい、その超がつくほど——いい加減しつこいか？　——有名な彼らが一斉に手を差し伸べてくる。

「よろしかったらお名刺、いただけますか？」

「お願いします。折角《せっかく》の出会いの機会を失いたくないんです」

「名刺をいただければ今夜はもう我々は退散しますので」

「は、はあ……」

持ち合わせていないと断ることもできた、と思いついたのは、彼らに名刺を渡したあとだった。だが、便乗《びんじょう》、とばかりに自分の名刺を配っていた梨香子を見て、自分は配らずとも彼女経由で現況は知られるか、と諦《あきら》めもついた。

ファンと言ってもらえるのは嬉《うれ》しい。が、正直、彼らの目に今の俺はどのように写っているかと思うと軽い自己嫌悪に陥《おちい》った。

当時も決してバンド内で目立った存在ではなかったが、今は『目立っていない』どころか『ダサい』の一言で片付けられてしまう、そんな外見をしている自覚がある。

彼らも興奮が冷めればきっとがっかりするのだろうなと思うと、なんともやるせない気持ちがする。そんなことを考えながら俺は注文していたことをすっかり忘れていたドライマティーニを前に、深い溜め息を漏《も》らしてしまったのだった。

2

「もう、マジでびっくりしましたよ」

翌日、出社早々、興奮しきった様子の梨香子に声をかけられ、俺は思わず頭を抱えてしまいそうになった。

「『GAMBLERS』、ググりました！　部長、ビジュアル系のバンドなんてやってたんですねー！」

「え？　部長がビジュアル系？」

「『GAMBLERS』？　知らないな……」

経理部の連中が騒《さわ》ぎ始める。面倒だなと俺は、

「もう二十年も前の話だよ」

と話題を打ち切ると、彼らに指示を与えた。

「それより、昨日インプットしたデータの見直しを早急に頼む」

「はい」

「わかりました」

皆が指示に従う中、梨香子だけはフリーダムといおうかなんといおうか、

「やっぱり信じられないー」

と言ったかと思うと、ぺらり、と手にしていた紙を俺の前に差し出してきた。

「げっ」

思わず声を上げたのは、そこに印刷されていたのが『GAMBLERS』がたった三枚だけ出したCDのジャケット写真だったからだ。

「ベースのYOSHINOっていうのが部長なんですよね？ 超美少年じゃないですか。面影《おもかげ》、なさすぎるー！」

「松本君、いいから仕事しなさい」

青春の思い出――というにはほろ苦い、いや、ほろ苦いどころか正直思い出すのも苦痛というのが正直なところで、俺は一刻《いっこく》も早くこの話題を打ち切るべく、普段にはない厳《きび》しい声で命じたのだが、梨香子にはまったく通じなかった。

「なんで？ なんで内緒にしてたんです？ あ、今でも付き合いのあるミュージシャンっています？」

「……だから……」

いい加減にしろ、と怒鳴りそうになったそのとき、卓上の電話が鳴った。

「はい、ルミナス企画です」

おかげで社長令嬢を怒鳴らずに済んだ、と気の小さいことを思いながら応対に出る。俺が電

話を終えるまで待って話題を続けるほど、梨香子は興味を持っていなかったようで、

「ノリ悪いなあ」

などと上司に対する言葉とは思えない暴言《ぼうげん》を吐《は》きつつ自席へと戻っていった。

『あの、YOSHINO……いえ、桜田由乃さんですか？』

「……え？」

受話器の向こうから聞こえてきた美声。聞き覚えがあるようなないような、と首を傾げた俺の耳に、再び美声が響く。

『突然電話などしてすみません。昨日、店で会った芒野です。覚えていらっしゃいますか？』

「ええっ」

聞き覚えがあったのは、テレビの画面越しに数えられないくらい声を聞いていたからだった。

確かにこの声は芒野リョウのものである。

あ、待てよ。物真似芸人なら同じ声が出せるかも――一面識もない物真似芸人が俺に電話をかけてくるわけないだろうに、突然の有名人からの電話に、しかもかかってくる心当たりなど一つもない電話に、俺は軽いパニック状態に陥っていた。

『驚《おどろ》かせて申し訳ない。いてもたってもいられなくてね。実は今、一緒に仕事をしているプロデューサーも君のファンなんだが、偶然《ぐうぜん》、君の勤め先の社長、松本さんと親交があるとわかって、それで彼が松本社長に連絡を入れたんだ。なぜ教えてくれなかったのかって』

「は、はあ……」

何がなにやらわからない。それを伝えるために電話をしてきたのか？　と疑問を覚えつつも相槌を打つことしかできないでいた俺は、続く芒野の言葉にますます言葉を失っていった。

『プロデューサーも是非、君に会いたいというし、そうだ、ファンの集《つど》いをしようということになったんだ。急な話で悪いのだけれど、今晩、どうかな？』

「ええっ」

なんだその展開は、と驚く俺の耳に芒野の明るい声が響く。

『面子《メンツ》を言ったら君のところの社長も、大阪から駆けつけると言っていたそうだよ。YOSHINO……じゃない、桜田さん、午後八時に昨日のバー『The Glass Menagerie』に来られるかな？　来られるよね？』

「あ、あの……あのですね……」

冗談じゃない――まず頭に浮かんだのはそんな怒声だった。が、さすがに有名俳優相手には言えないと怯《ひる》んだのがよくなかったようだ。

『その面子というのがね、昨日店にいた小説家の萩原月下、建築家の田村紅葉、それにさっき言ったプロデューサーの鶴巻満《つるまきみつる》、それと……ええと、誰だったかな。ともかく、そういったメンバーで君を囲みたいんだ。勿論《もちろん》、来てくれるよね？　松本社長からの伝言で、万難《ばんなん》を排《はい》してでも行くように、だそうだよ。社長も最終の飛行機で駆けつけるって』

「…………」

たたみかけられた上に、まさかの社長命令とまで言われ、言葉を失う。

『本来なら社長直々《じきじき》にそれを君に伝えたかったらしいんだけど、ファンの集いに君を誘《さそ》う役目は僕がやりたいと無理矢理譲《むりやりゆず》ってもらったんだ。ある条件を提示したら渋々《しぶしぶ》オッケーが出たよ。それじゃ、アディオス』

絶句している俺に芒野は意味のわからない言葉を次々告げ、最後にはなぜだかスペイン語──だよな──の挨拶《あいさつ》を残して電話を切ってしまった。

「あ、あの……っ」

慌てて呼びかけたがあとの祭り。受話器からはツーツーという音しか聞こえない。

どうしよう。呆然《ぼうぜん》としてしまっていたが、訝《いぶか》ったらしい部下の一人からおずおずと、

「…………」

「あの、部長、どうされました？」

と声をかけられ、はっと我に返った。

「なんでもない。間違い電話……みたいなものだった」

答えながらも、どう考えても嘘《うそ》だろ、と自分で自分にツッコミを入れる。

「……はあ……」

当然ながら部下もそう思ったようで、ますます訝しげな目を向けてきた。

「それより、さっきの見直し数字は？」

「あ、出ました。誤《あやま》りはないようです」

わざとらしさMAXで話題を仕事に戻し、部下が差し出す表を受け取り目を走らせる。

だが、やはりといおうか、数字は少しも頭に入ってこなかった。代わりに浮かぶのは『どうしよう』の五文字ばかりである。

ファンの集い。なんじゃそりゃ、である。俺にとって『GAMBLERS』は忘れたい過去なのだ。実際、昨日までは本気で忘れていた。昨夜《ゆうべ》久々に当時のことを思い出し、苦々《にがにが》しい気持ちになったというのに、また今夜、更に傷口を抉《えぐ》られるような目に遭《あ》わねばならぬとは。

もう溜め息しか出てこない、と天を仰ごうとし、部下たちの視線が一身に注《そそ》がれていることに気づく。

「ありがとう。それではこの数字で社長へのレポートを上げておいてくれ」

なんとか平静を装《よそお》い、渡された紙片を返すと俺は、

「ちょっと煙草《たばこ》」

と声をかけ席を立った。

当社でも分煙化《ぶんえんか》が進んでおり――社長がヘヴィスモーカーにもかかわらず、だ――フロアの一角に設けられたガラス張りの喫煙所《きつえんじょ》でしか煙草を吸《す》うことはできない。

幸い、といっていいのか、俺の部下には喫煙者が誰もいなかった。彼らの目を気にせず考え

事をするには喫煙所に行くしかないと思ったのだが、無人の喫煙所で一人煙草を吹《ふ》かしているうち、ますます気持ちは落ち込んでいった。

『GAMBLERS』なんて過去の、しかもよほどの物好きじゃないと覚えてないだろうと思《おぼ》しきバンドだ。なのに昨夜店にいた全員がよりにもよってその『よほどの物好き』だったとはもう、信じがたいとしかいいようがない。

しかもその面子たるや『そうそうたる』なんて言葉では表せないほどの有名人ばかりなのだ。ぶっちゃけ、あのバンドは業界人が好むような通好みのバンドではなかった。高校生の軽音楽部の演奏に毛が生えたようなものだったはずだ。

なのに有名な俳優、小説家、そして建築家が揃《そろ》ってファンだなんて、どうやって信じろという話である。

ああ、プロデューサーもだった、と電話の内容を思い出し、煙草の煙《けむり》と共に大きく息を吐き出した俺の脳裏《のうり》に、忘れたい対象でしかない当時のことが蘇《よみがえ》る。

『仕方ないだろ。事務所は俺しかいらないっていうんだから』

『嘘だろ？』

『お前、裏切るのかよ』

『裏切るも何も、お前ら、このバンドで何してたよ？　作詞も作曲も俺だろ？　人気も俺の人気だ。今までそれに乗っかってきただけじゃないか』

『なんだとっ』

『本気で言ってるのかっ?』

泥沼《どろぬま》。そんな表現では追いつかなかったバンドのメンバー同士のいざこざ。

『やめてください!』

殴り合いになりかけたのを必死で止めようとし、俺が殴られた。だが頬《ほお》の痛みより胸の痛みのほうが大きかった——というのは若さゆえか。

結局バンドは解散。皆の心にしこりが残った。が、それでもまだ移籍《いせき》したボーカルがその後活躍でもしてくれれば、ある意味『青春の思い出』として振り返ることができたかもしれない。

が、ソロになったあとのボーカルは鳴かず飛ばずですぐに業界から消えてしまった。当然付き合いは切れていたので消息《しょうそく》など知る由《よし》もなかったが、一昨年《おととし》だか一昨昨年《さきおととし》だか、テレビの『あの人は今』の企画で取り上げられた彼には最早《もはや》、『もとビジュアル系バンド』の面影はなかった。ハゲるのは仕方がない。だが太るのは不摂生《ふせっせい》としかいいようがない。

変わり果てたボーカルの姿を画面越しに見た瞬間、それまでも充分『苦い思い出』だったバンド『GAMBLERS』は俺にとってトラウマといってもいいくらいの存在になった。

幸いなことに職場の人間は社長以外、誰もそんなバンドが存在していたことすら知らなかったし、当時の話題を振られることもなかったというのに、なぜにこうなった、とまたも煙と共に溜め息を吐き出した俺の耳に、芒野の声が蘇る。

『本来なら社長直々にそれを君に伝えたかったらしいんだけど、ファンの集いに君を誘う役目は僕がやりたいと無理矢理譲ってもらったんだ。ある条件を提示したら渋々オッケーが出たよ』

今更すぎるが『ある条件』とはなんだろう。そもそも事実なのか、それともただの冗談なのか。

広告代理店の下請け会社勤務とはいえ、入社したときから経理一筋《ひとすじ》なので、芸能人と接する機会はない。自分が『芸能人』の端くれだったときには、一番年下だったこともあって、対外的なあれこれはすべて他のメンバーに任せていたため、親しくしていた業界人は一人もいなかった。

それゆえ、芒野の言動が業界特有のノリなのかどうかという判断がイマイチできないのだが、ふと我に返ると彼のような有名な俳優が、今や一般人となっている上、二十年前も決して輝いているとは言いがたかった俺の熱狂的《ねっきょうてき》なファンというのも嘘くさい気がする。

からかわれたのかもしれない——今ごろ気づくなという結論にようやく俺は辿《たど》り着いた。

そうか、からかわれたんだ。そうじゃなきゃ有名俳優や有名作家、それに有名建築家が昨夜のように俺を崇《あが》め奉《たてまつ》るわけがない。

アレが業界のノリだというのなら、やっぱり馴染めない。楽しいんだからいいじゃないかと言われても、悪ふざけが過ぎるとしか思えなかった。

そんな『悪ふざけ』に今夜も付き合わねばならないかと思うと気が重かったが、社長命令なので断ることもできない。

二十年前の俺を肴《さかな》に業界人の皆でせいぜい盛り上がるといいさ。少々やさぐれてしまいはしたが、サラリーマンゆえ仕方がないかと腹を括ると俺は、そろそろ席に戻るかとすっかり灰《はい》が伸びていた煙草を揉《も》み消し、喫煙所を出たのだった。


七時半に会社を出るとき、決算も無事に終了していた経理部は俺以外無人だった。言うまでもなく梨香子は終業のベルが鳴ると同時に会社を飛び出している。

これから、からかいの的にされるかと思うと憂鬱《ゆううつ》でしかなかったが、行くと言った以上——しかも社長命令である以上、ばっくれるわけにはいかない。

数時間我慢《がまん》すれば済むことだ。これも仕事だと思えばいい。店へと向かう途中、自分にそう言い聞かせていた俺は、約束の午後八時より五分早く到着したバーの前で、はあ、と深い溜め息をついたあと、もうなるようになれ、と、ほぼやけっぱちになりながら店のドアを開けた。

その瞬間、

「YOSHINO！　待ってたよ!!」

「ああ、本当にYOSHINOだ！」

物凄いハイテンションな声に迎《むか》えられ、ぎょっとしてその場に立ち尽くしてしまった。

店内にいたのは芒野と見知らぬ男、小説家の月下とそしてロマンスグレーのバーテンだった。

最初にテンション高い声を上げたのが芒野で、傍《そば》にいた見知らぬ男と俺を引き合わせる。

「昼間、電話で話したプロデューサーの鶴巻さん。『GAMBLERS』がテレビにはじめて出た頃から君のファンだったんだって。因《ちな》みに僕もだけどね。今日はその話題で一日、二人して盛り上がっちゃったよ」

「は、はあ……」

『はあ』以外に相槌の打ちようがなく、愛想笑いを浮かべながら俺は頭を下げたのだが、いきなり鶴巻に抱きつかれ、思わず大きな声を上げてしまった。

「うおっ」

「ちょっと鶴巻さん、気持ちはわかるけど抜《ぬ》け駆《が》けはナシだよ」

すぐに芒野が引き剥《は》がしてくれたものの、一体何が起こったのかと一瞬呆然としてしまっていた。

「ごめんね、YOSHINO。鶴ちゃんもすっかり興奮しちゃったみたいだ」

「ごめん、YOSHINO。だってYOSHINOに会えるなんて思わなかったんだものーっ」

「え」

見た感じ、いかにも業界人といった雰囲気の彼が——ご丁寧にセーターを肩からかけて袖を結んでいた——いきなり身をくねらせはじめたものだから、ますます俺は唖然とし、声を失っていった。

「びっくりしたでしょ。鶴ちゃん、コッチ系なんだよね」

「あ、あの……?」

問うまでもなく、見ればドッチ系ということはわかった。が、彼に本気で俺のファンだったと言われた、ソッチはどうにも信じがたく、つい疑問の声を上げてしまった。

「もう、そんなことはどうでもいいわよう！　さあ、はじめましょう！　ファンミーティング！」

「ファンミーティング?」

なんじゃそりゃ、と、またも声を上げてしまった俺に、芒野が覆《おお》い被《かぶ》さるようにして話しかけてくる。

「そう。自分たちがどれだけYOSHINOを——君のことを好きだったかをそれぞれに主張するという企画だ。YOSHINO本人を前にできるなんて！　もう、夢のようだよ」

「……あの……」

芒野のキラキラと輝いている目が真っ直ぐに俺へと注がれている。口調の熱っぽさとあいまって、もう本気としか思えない、と俺は絶句してしまった。

が、直後に、芒野は俳優じゃないか、と思い出し——我ながらなぜ忘れることができるのか謎《なぞ》だ。そこまで記憶力が落ちているとは思いたくないが——なんだ、と少し拍子《ひょうし》抜けした。

やっぱり彼らは俺をからかう気満々のようだ。乗せられてたまるか——と心の中では毒づいたものの、皆と自分の社会的地位を鑑《かんが》みるとそのままその思いを伝えることは憚《はばか》られ、情けないと思いつつも俺は愛想笑いを浮かべて、

「それはどうも……」

なんて、意味のない言葉を告げたのだった。

「リアクションが薄《うす》いね」

さすが俳優、というべきか、おざなりな相槌はすぐに見抜かれ、苦笑されてしまう。

「いえ、そういうわけでは……」

ぶっちゃけ『そう』だったためにしどろもどろになった俺を見て、芒野は一瞬何かを言いかけたものの、すぐ、ふっと笑うと皆を振り返った。

「誰がトップバッター？　希望者がいなければ僕から行かせてもらうよ」

「トップは皆、狙《ねら》ってるだろう。じゃんけんにしよう。あみだでもいいが」

「そうよ、公平を期していきましょう」

途端に月下と鶴巻が異論の声を上げる。と、そのとき、ドアが開く音と共に、

「すまん、遅くなった！」

と、あのカリスマ建築家、田村紅葉が店内に駆け込んできた。現場からかけつけたらしく、白いTシャツの上に着ているツナギの上半身を脱《ぬ》ぎ、腰で縛《しば》っているというスタイルだったが、

彼にその格好はよく似合っていた。

「お疲れ。現場、どこだっけ？」

「松濤《しょうとう》だ。ただでさえ渋滞《じゅうたい》の246で事故を起こした馬鹿がいやがった」

「大変だったねえ」

同情的な声を上げる芒野に紅葉が詰め寄る。

「まだ始まってないよな？」

「ああ、乾杯《かんぱい》もしていない。それに告白タイムの順番も決まってないよ」

「それはよかった」

心から安堵《あんど》したように息を吐いた紅葉が、その様子を啞然として見ていた俺へと視線を向け、少し恥ずかしそうな顔で笑いかけてきた。

「YOSHINO、また会えて嬉しい。どれだけ俺があんたに夢中だったか是非とも聞いてほしい」

「だから順番はこれから決めるんだって」

「そうだよ。あとから来て割り込むとは、狡《ずる》いじゃないの、紅葉君」

またも月下と鶴巻が血相《けっそう》を変えて割り込んできて、場が騒然《そうぜん》となりかけた。

「皆さん、まずは乾杯されては」

ここでロマンスグレーのバーテン、猪塚《いのつか》——という名だとあとから聞いた——が遠慮深く、だがよく通るバリトンでそう言葉をかけてきて、険悪な雰囲気になりかけた店内の空気が一転し、明るいものとなった。

「そうだ、乾杯しよう！　あの頃よく飲んだアレで」

「懐かしいなあ。まさにバブルだ」

わっと場が沸《わ》く中、『アレ』とはなんだ？　とカウンターを振り返った俺の目に、遠い昔には確かに見ることの多かった——だが俺は未成年だったために口にしたことは一度もなかった、ピンドン——いわゆるピンクのドンペリ、ドンペリの中でも高価なロゼの通称である——のボトルが飛び込んできた。

「ピ、ピンドン……っ」

まさにバブルの象徴《しょうちょう》。これを『よく飲んでいた』という芭野も凄ければ、そのとおりとばかりに頷く皆も凄い。

さすがは有名俳優、有名作家、それにカリスマ大工、そしてプロデューサーだ、と感心していた俺の前で猪塚が優雅《ゆうが》な手つきでピンドンの栓《せん》を抜き——あまり大きな音を立てないところがまた上品だった——既《すで》にカウンターに並べてあったシャンパングラスを次々満たしていく。

美しいピンク色の液体を俺は呆然と眺めていたのだが、

「さあ、乾杯《かんぱい》しよう」

とグラスの一つを芭野に手渡され、はっと我に返った。

「YOSHINOとの再会を祝《しゅく》して」

「ズルいよ、芒野ちゃん。何勝手に乾杯の音頭《おんど》、とってんのぉ」

鶴巻が苦情の声を上げつつも、

「乾杯」

と唱和《しょうわ》する。

「乾杯」

「乾杯」

他の二人もグラスを高く掲《かか》げた後《のち》、次々と俺のグラスに己《おのれ》のグラスをぶつけてきながら、同時に熱いとしかいいようのない言葉をもぶつけてきた。

「YOSHINO、君は少しも変わらない。本当になんというか、夢を見ているようだ。夢なら決して醒《さ》めないでほしいが」

「当時僕は心から君に夢中だった。あの頃は今のようにインターネットも発達していなかったから、どうにかして君の素性《すじょう》を調べようと必死になっていたよ」

「は、はあ……」

『はあ』以外にどんな相槌を打てばいいのだと絶句する。

「だから、思いの丈《たけ》をぶつける順番はこれから決めるんだろう?」

皆こそ狡い、と芒野は苦笑すると、

「で? どうやって決める? じゃんけん? あみだ? それともゲーム?」

と一同をぐるりと見渡した。

「時間が勿体ないからな。じゃんけんが一番手っ取り早いんじゃないか？」

紅葉の言葉に皆が「そうだな」と頷き、いきなり真剣な顔になる。

「最初はグーか？」

「まあお約束ってことで」

「当然、勝った人間が一番だよな」

「何番目がいいかは、勝った順に決めればいいんじゃないか？」

俺一人、置いていかれた感のあるやりとりが皆の間で進む。

「トップはインパクトも強いが、それを見て作戦を立て直すこともできそうだからな」

「……となると狙いは二番か」

「作戦じゃないのか？　トップは取らせないという」

「あ、なるほど……」

なかなかじゃんけんが始まらない。皆、この状況を楽しんでいるようで、やはりからかわれたということかと、つい溜め息を漏らしたのだが、その瞬間、皆がぱっと俺を見た。

「ごめんね、YOSHINO。グダグダで」

「それだけ私ら、本気なんだ」

「さあ、じゃんけんだ」

口々に謝られてぎょっとする。

「いや、その……」

何を謝られているかすらわからないが、皆が皆、俺のような一介《いっかい》の会社員にとっては雲の上の人すぎて、すっかりビビってしまった。

「じゃあいくよ。最初はグー」

「じゃんけんぽんっ」

これほど真剣なじゃんけんは見たことがない。全員が必死の形相《ぎょうそう》となり、片手を振り上げ振り下ろす。

「勝った！」

一度で勝負はついた。皆がチョキを出す中、一人だけグーを出して勝利したのは芒野だった。

「さすがだな」

「持ってる男は違う」

紅葉と月下が感心した声を上げ、

「畜生《ちくしょう》、あたしもグーにしようかと思ったのよねー」

鶴巻が悔《くや》しげに唸《うな》る。

「で？　何番にするの？」

問いかけた月下に芒野は堂々と胸を張り、すっと右手を差し出した。

「勿論、トップバッター」

「せいぜい三振しないように気をつけて」

得意げな芒野に月下はニッコリ微笑みつつもそんな毒のある言葉を告げると、

「それじゃ次を決めよう」

と他の二人を振り返った。

「最初はグー」

「じゃんけんぽん。あいこでぽん、あいこでぽん……」

今回はなかなか勝負がつかず、延々《えんえん》とじゃんけんが続いていく。

「やっぱり僕、持ってるんだね」

その様子を見ていた俺は、不意に耳許《みみもと》で囁かれ、驚いていつの間にかすぐ傍に立っていた芒野を見やった。

「それだけ君への思いが強いということだよね」

目が合ったと同時に、更に近く顔を寄せられ、そう囁かれる。テレビで見たまんまの——否、テレビで観る以上の綺麗な顔に、思わず「うわ」と声を漏らしそうになった。

確か芒野は先日四十歳になったはずだ。が、こんな至近距離で見ても二十代後半としか思えなかった。

肌の張りもあるし、上手く言えないがこう、みずみずしい感じがする。年齢は俺のほうが下だが、よほど自分のほうが枯《か》れている。果たして若さの秘訣《ひけつ》はなんだろう、と、いつしか俺は芒野の顔を凝視してしまっていた。

「そんなに見つめられると恥ずかしくなってくるな」

芒野に苦笑され、無遠慮《ぶえんりょ》に見つめすぎたか、と反省して慌《あわ》てて謝《あやま》る。

「失礼しました。いつもテレビで拝見《はいけん》している方《かた》かと思うとつい……」

「それは僕の台詞《せりふ》だ。二十年間、想い続けてきたあなたに会えてどれだけ興奮していることか」

熱っぽく訴えかけられたが、やはりどうにも信じがたい。首を傾げたところでちょうどよく邪魔《じゃま》が入った。

「おい、トップバッター、もうはじめてるのか？」

「時間制限を作ろう。一人五分。そうでもしなきゃ、キリがなくなりそうだ」

「確かに。最後のあたしにまで順番回ってこないかもしれないし」

紅葉と月下、それに鶴巻がそれぞれ芒野に詰《つ》め寄る。

「五分か。短いな。十分では？」

「十分だと待っているほうがつらい。五分でいいんじゃないか？」

紅葉が周囲を見渡し、皆が、わかった、というように頷いた。

「マスター、公平を期すため、時間を計っていてもらえるかい？」

月下がマスターを振り返り告げるのに、マスターは「かしこまりました」と頷いた。

「それじゃ、はじめますか」

鶴巻が明るい声を上げる。

「よーい、スタート！」

「キューが出たよ、リョウ」

鶴巻のキューと月下が芒野に呼びかける声が響いた直後、いきなり芒野が俺の手を両手で握《にぎ》ったものだから、驚いたあまり俺はその手を振り払おうとした。

「YOSHINO、僕の話を聞いて」

芒野は優男に見えるが、力の強さは相当なもので、振り払われまいと物凄《ものすご》い強さで俺の手を握りしめた挙げ句、その手を自身の頬へと持っていこうとする。

「お触りオッケーなのか？」

「手くらいは『握手《あくしゅ》』ということでオッケーにしないか？　そうじゃないと自分のときにもできない」

「握手は認可、それ以上は否認。それで決まりだな」

こそこそと三人が囁く声が横から響いてくるのに一瞬気を取られる。が、すぐに芒野が俺の手を彼の手越しに頬へと押し当て、はらはらと涙《なみだ》を零しはじめたのにはもう、心肺停止《しんぱいていし》してしまうほどに驚き、俺はその場にへなへなと座り込んでしまった。

「大丈夫かい？」

「YOSHINO！」

三人が慌てた様子で俺を囲む。俺がへたり込むと同時に床に膝をついて座った芒野に対して、誰も少しの注意も注いでいないというこの状況は凄いなと、普段なら感心するだろうに、今の俺にそんな余裕があろうはずもなかった。

「君をはじめてテレビで見かけた二十年前、僕は駆け出しの役者だった」

よくわからない状況下、芒野の告白が始まる。

「一分経過」

ここで冷静なマスターの声が響き、俺を含《ふく》めた皆の注意が一瞬彼へと逸《そ》れた。が、芒野だけはそんな声など、そして皆の様子など、耳にも目にも入っていないように、切々と訴えかけてくる。

「戦隊もののヒーローのオーディションに落ち、お情けで敵方の二番手の役を与えられた。やさぐれた気分の中、『深夜のロックオーディション』で君たち『GAMBLERS』を観たんだ。正直、歌はイマイチかと思ったんだが、間奏でベースの君が映った瞬間、全身に電流が走った。なんたる可憐《かれん》な美貌《びぼう》！　なんたる美しさ！　テレビにかじりついているうちに、それまでの鬱々《うつうつ》とした気持ちが嘘のように消えていた。そう、YOSHINO、僕は君に救われたんだ。今の僕があるのも君がいてくれたからに他ならない」

本気で言っているわけがない。そう思いはしたが、さすが俳優、演技に物凄く気持ちがこもっている。

潤《うる》んだ瞳《ひとみ》で見つめられては『もう冗談はやめましょう』と返すことができなくなり、俺はもごもごと口の中で、

「そんなことないですよ」

と呟きつつ、取られた手を引こうとした。

「あるさ。あの頃、毎日毎晩、君が出演した番組の録画を繰り返し繰り返し眺めてはやる気をもらっていた。君のおかげで今の僕はある。君との出会いがなければ僕はとっくの昔に俳優になるのを諦め田舎《いなか》に帰っていたことだろう」

「芒野さんの田舎ってどこ?」

「都内だ。以前、立川出身と聞いたことがある」

「田舎じゃないじゃん」

「外野《がいや》、うるさい」

こそこそと囁き合う三人を、芒野がくるりと振り返り一喝《いっかつ》する。

「四分経過。あと一分です」

と、またもここでバーテンの冷静な声が響き、芒野が慌てた様子となった。

「あと一分ではとても僕の気持ちを伝えられない。ファーストライブに行ったときの感想もまだ言ってないし、高校を調べ上げて校門で待ち伏せしたことも伝えられてない」

「待ち伏せっ?」

「石川《いしかわ》ひとみか?」

「もともとはユーミンだったか?」

「だから外野、うるさいって」

ここぞと囁く鶴巻と月下を芒野が一喝したそのとき、

「五分。終了です」

マスターの声が無情に響く。

「うそっ!　五分、短っ」

悲壮感漂《ひそうかんただよ》う顔になった芒野を、

「じゃ、次は僕だね」

と小説家の月下が押しのけ俺の前に立った。

「YOSHINO、会いたかった」

「スタート」

熱く訴えかけてくる月下の背後で、マスターが時間を計りはじめた旨《むね》を伝える。

「僕が君をはじめて認識したのは雑誌だった。『GAMBLERS』がはじめて特集を組まれたあの……」

ここで月下が既に廃刊《はいかん》になっているが、二十年前はかなりの人気を博《はく》していた音楽雑誌の名を挙げた。

「ああ……」

取材を受けた記憶はある。が、そのとき俺は気の利《き》いたことが何も喋《しゃべ》れなかったために、記事の扱いはかなり小さかったように思う。

インタビューなんて載らなかったくらいじゃないか？　と首を傾げていた俺の心を読んだかのように、月下が熱く言葉を続けた。

「君の美貌に目が釘付《くぎづ》けになった。言葉少ないところもミステリアスで、なんでもいいから君のことを知りたいという欲求をかき立てられた僕もリョウ同様、あらゆるツテを使って君の通っていた学校を突き止め、出待ちをしたんだよ。君と遭遇《そうぐう》するより前に学校側に追い払われてしまったけれど」

「僕も追い払われた。なんといったかな。ああ、三好《みよし》という用務員だ」

「み、三好さん？？」

確かに俺の通っていた高校には、三好という名の名物用務員がいた。見た目がまんまヤクザで、ムショ帰りか何かで更生《こうせい》のために都立高校の用務員として働いているのだというまことしやかな噂《うわさ》が流れたが、実際そんな事実はなく、見た目が怖いだけの心根はいたって優しい用務員のおじさんだった。

特に俺たち『GAMBLERS』がテレビに出始めるようになってからは、マスコミやファンたちが押し寄せるのを身体を張ってとめてくれていたのだ。三好さんが彼らを撃退《げきたい》している隙《すき》に俺たちは裏門からこっそり抜け出していた。

まさか三好さんが『撃退した』中に芒野や月下がいたなんて。マジか？　と俺はまじまじと月下を、そして振り返って芒野を見やってしまった。

「やっと本気にしてくれたか」

芒野が苦笑し、俺から月下に視線を向ける。

「よかったよ。用務員の名を覚えていて。ヤクザみたいな外見の割に優しい人だった」

「は、はい……」

一度戯《たわむ》れに『GAMBLERS』や自分の名前でググってみたことがある。が、もう二十年も経っている上、ごくごく一部でしかブレイクしなかったので――それを『ブレイク』と言っていいかは謎だが――ほとんどヒットするページはなかった。

俺たちの出身高校も勿論ヒットしなかったし、その用務員の名や外見までもがネット上に書かれているわけもなかった。ということは、と俺は改めて月下を、そして芒野を見やったあと、

「えーっ？？？」

と大声を上げてしまったのだった。

「どうした？　YOSHINO」

「酔《よ》っ払《ぱら》った？　でもまだ一杯《いっぱい》も飲んじゃいないよね」

月下と芒野が心配そうに問いかけてくる。

「ま、まさか本当にお二人は俺のファンだった……んですか？」

信じられない。信じられるわけがない。そう思い、問いかけたというのに返ってきたのは、

「今頃信じたのっ？？」

という月下の仰天した声だった。

「いや、しかし……その……」

普通、信じないだろうという俺にとっては当然の感覚は、この場にいる誰一人にも共感してもらえなかったようだ。

「二人だけじゃないわよ？　あたしだって本気でファンだったたし」

「自分もだ。なぜ疑うのか、そっちのほうを問《と》い質《ただ》したい」

鶴巻と紅葉が、さも理不尽《りふじん》だというように口を尖《とが》らせ迫《せま》ってきた。

「ストップ。今は僕の時間のはずだけど」

月下がクレームを告げる中、芒野がちゃっかり俺に歩み寄り耳許で囁いてくる。

「信じてくれて嬉《うれ》しい。僕にとって君は特別な人なんだ」

「おい、リョウ、お前はもう終わっただろうが」

めざとく見つけた月下が睨《にら》み、

「ルールは守ろうぜ」

「ペナルティつけるわよ、芒野ちゃん」

紅葉と鶴巻もクレームをつける。

「ごめんごめん。だって嬉しくてさ」

「いいから引っ込んでいてくれ。この間にも時間は流れてるんだから」

月下が真剣極まりない声を上げたと同時に、

「二分経過」

というバーテンの冷静な声がする。

「今のは無効でしょう。ねえ、だって雑談《ざつだん》タイムになってましたよね？」

月下が必死に周囲に訴えかけるのを、

「却下《きゃっか》」

「ダメダメ」

「ルールは守らないと、でしょ」

と三人がそれぞれに拒絶《きょぜつ》する声が響き渡る。

「あんたら……」

「三分、経過です」

恨《うら》みがましい月下の声にバーテンのあくまでもクールな声が重なり、場は阿鼻叫喚《あびきょうかん》といってもいい状況になった。

「時間延長を要請《ようせい》する！」

「今この時間を大切にしたほうがいいよ、センセ」

「そうだ。ルールはルールだからな」

騒ぐ皆を前に、俺はただただ唖然としてしまっていた。

彼らは皆、第一線——なんて言葉では足りないほどに活躍している男たちなのに、彼らが今騒いでいる内容はなんと、いかにも平凡《へいぼん》、いや、平凡以下といってもいい俺についてなのである。

何が起こっているのか、やはり理解できない。どこまでも呆然としてしまいながら俺は、外見もそしてパブリックイメージも、いきすぎるほどにイケている四人の——バーテンも入れれば五人だが——男たちを前に、ただただ声を失っていた。

3

その後、俺への告白は、最後まで時間不足を嘆《なげ》いた月下のあと、寡黙《かもく》なイメージのある建築家の紅葉、それにプロデューサーの鶴巻と続いたが、やはり俺はこの状況を現実と受け止めることができず、ただただ呆然としていた。

四人の告白タイムが終わると皆してスツールに座って二十年前の思い出を語りはじめ、ようやく俺も会話に参加できるようになった。

「何もかもが懐かしい……」

「沖田艦長《おきたかんちょう》かって」

「意味がわからん」

とはいえ喋っているのは、もっぱら俳優の芒野リョウと小説家の萩原月下、それにプロデューサーの鶴巻くらいで、もともと寡黙なのか建築家の田村紅葉はあまり語ってはいなかった。

それだけに彼の言葉は重く、俺への告白タイムのときに、

『自分の人生はあなたで変わった』

と告げられたとき、どうしたらいいのかと途方《とほう》に暮《く》れてしまったのだった。

「しかし懐かしいよね。二十年前といえばまさにバブル期」

幸い、話題は俺自身のことからバブル期について流れた。まさに同じ日本か、と疑うほどの変化だった。まあ高校生だったためにバブルの恩恵にはそう与《あずか》れなかったものの、俺たちのような素人バンドがデビューできたのも、そんな浮ついた時代だったからに違いない。

「深夜タクシーがつかまらなくて、苦労したよね」

「そうそう、二時、三時でも呼べなくて結局オールしたりとか」

オール——徹夜《てつや》のことだ。そんな言い回しも懐かしいな、と思っていると芭野がしみじみ昔話を語りはじめた。

「とはいえ、その頃はほんとに駆け出しだったから。自分自身はそう華やかな経験はしてなかったな」

「…………」

芭野もそうだったのか、とつい彼を見てしまうと、視線を感じた彼がにっこりと微笑みかけてきた。

「それだけに、君が輝いて見えたんだよ」

「いや、俺はそんな……」

輝ける存在などではなかった、と首を横に振ると、

「まあ、若い頃から輝いている人間なんて、ほんの一握《ひとにぎ》りよね。あたしもADだったから、ア

ゴで使われていたわよ」

　鶴巻が言う横で寡黙な紅葉が、自分もだというように頷く。

「あ、でも月下先生は大学時代に華々しく賞とってデビューだったよね」

　芒野がそう話題を振る。月下は俺の隣に陣取《じんど》っていたのだが、途端に苦笑としかいいようのない笑みを浮かべ、首を横に振った。

「デビューは華々しかったけどね。そのあと十年以上も鳴かず飛ばずで、肩身が狭《せま》かったよ」

「いいじゃないの。その後また再ブレイクするんだから」

　芒野のフォローに続き、鶴巻も言葉を続ける。

「そうよ。五年前に直木賞を取ってからの勢いは凄いじゃない」

「……継続は力なり……だな」

　紅葉もまたそう告げるのに、月下は照れたように笑って頭を掻《か》いた。

「たまたまだよ。運がよかった」

「たまたまでとれるような賞じゃないでしょう」

「あれ、今、『賞』と『しょう』をかけたの？」

「なわけないでしょう」

　鶴巻と芒野がじゃれている。仕事がら、二人は気も合い仲も良いようだ。

「不遇《ふぐう》の十五年だったかもしれないけれど、今が輝いているんだから、問題ないんじゃないの？」

芒野の言葉に月下が「どうも」と礼を言ったあと、

「それを言ったら皆もそうじゃない」

と話題を他へと振った。

「確かに。芒野ちゃん、十年連続で選ばれているんでしょう？　『抱かれたい男』に」

「そろそろ限界だけどねー」

鶴巻の賞賛《しょうさん》を受け、芒野もまた苦笑し肩を竦める。

「何を言ってるんだか。ドラマに出れば高視聴率、映画に出れば興行収入五十億《おく》オーバーって、まさに最も輝いている俳優ナンバーワンじゃない」

「しかもその地位を十年以上守り続けているってね。僕より断然凄いと思うよ」

「それこそたまたまだよ。運がよかった。鶴巻ちゃんみたいな名プロデューサーにも出会えたし」

「逆でしょ。芒野ちゃんのドラマのプロデュースができたから今のあたしがあるっていう」

「またまた。今日はプライベートなんだから気を遣ってくれなくていいんだよ」

「それはコッチの台詞よ」

盛り上がる二人を横目に俺は、なんともいえない居心地《いごこち》の悪さを感じていた。

「でも僕にせよ鶴ちゃんにせよ、今があるのはYOSHINOのおかげだよね」

不意に芒野に振り返られ、はっとする。

「いや、そんな……」

「そのとおり。あたしだってYOSHINOに出会えなければ局、辞《や》めていたと思うし」

そう言う鶴巻はかつてＡＤとして参加していた番組に『GAMBLERS』が出た際、俺に一目《ひとめ》惚《ぼ》れしたという話だった。

当時、不満だらけの日常を送っていた鶴巻は、文句一つ言わずディレクターの指示に従っていた俺の姿に感銘《かんめい》を受けたのだそうだ。

俺自身はまったく覚えていないのだが――何せ二十年も昔の話だ――ディレクターはかなり無茶《むちゃ》を言ったらしい。

ボーカルやギターは文句を言い、ふて腐《くさ》れたというが、俺はそういったことなく黙々《もくもく》と演奏し続けていたそうだ。

記憶にはないが、理不尽な対応をされるケースはままあったので、ぼんやりとではあるものの、テレビはそういうものかなと思っていたんじゃないかと思う。なのにそれを持ち出されて『今があるのはYOSHINOのおかげ』などと言われると、いやいや、それほどのものでは、と恐縮《きょうしゅく》してしまう。

「そんなことは……」

「あるわよ。あるって。この二十年間、YOSHINOのことを忘れたことはなかったもん」

「ちょっと、鶴ちゃん、もう告白タイムは終わったよ。これからは公平にいくって約束しただろ？」

カウンターの並びは俺の右隣が月下、その隣が紅葉、左隣が芒野で隣が鶴巻となっていた。席順はあみだくじで決められたのだが、月下と芒野がガッツポーズをし、他の二人が酷《ひど》く悔《くや》しがってみせたことにも、俺は違和感《いわかん》を覚えずにいられなかった。

「ごめえん。だってYOSHINOがここにいるのよ？　口説《くど》かなくてどうするのよ」

「そりゃ、気持ちはわかる。二十年分の思いをぶつけたくなるよねー」

わかるわかる、と頷《うなず》きつつ芒野が俺に熱い視線を向けてくる。

「……………」

天下の芒野が――『天下の』は彼だけじゃなく、この場にいる皆の頭につけられる言葉ではあるが――俺に対し二十年分の思いを抱いてくれていたというのは、どうにも信じがたかった。二十年前だって大して輝いちゃいなかったが、今の俺はこの場にいる皆と比べると、輝いていないどころじゃない、もう情けないとしかいえない状況にある。

縁故といっていい形で入った広告代理店の下請け会社で、勤続年数が多いという理由のみで経理部長になっている。自覚はあるが決していい上司ではなく、淡々《たんたん》と日々の業務をこなしているに過ぎない。

まさに若者がイメージする典型的な『イケてないオヤジ』という自覚があるだけに、年代的には少し上にはなるものの、キラキラと輝いている『オヤジ』連中に囲まれ、相当の居心地の悪さを俺は今、感じていた。

できることなら俺も輝ける『オヤジ』でありたいとは思う。が、ミュージシャンとしての才能のなさは二十年前に思い知らされており、それ以降、『これ』という人生のビジョンを持たずに生きてきた。

三十八だというのに独身なのは、出会いがないからというより、自分に自信が持てないからという理由のほうが大きい。加えてバンドをやっていたときにボーカルについていたグルーピーたちのえげつなさを目の当《まあ》たりにしたせいで、女性不信に陥った、という理由もあった。

そんな俺がこうも持ち上げられることに加え、果たして二十年前の俺にもそんな価値があっただろうかと思うと『ない』としか思えないことがまた、違和感に拍車《はくしゃ》をかけていた。

バンド活動にだってそれほど打ち込んでいなかった。先輩であるボーカルの鹿野に誘われ、なんとなくはじめたに過ぎない。

情熱がまったくなかったというわけではないが、バンドが解散になったときにもそうショックを受けなかった。他のメンバーは鹿野に対し怒りを露《あら》わにしていたが、俺自身は仕方がないのではないかと醒めた感想を抱いたのを覚えている。

嫌いじゃないが好きでもない。いや、テレビに出たり、女の子たちにキャーキャー言われたりすることは、どちらかといえば苦手だった。場にそぐわない。常にそんな思いを抱いていた気がする。

そんな、当時からいい加減としかいいようのなかった俺に——しかも飛び抜けて容姿がいいわけでも、才能に溢《あふ》れているわけでもなかった俺に、なぜこの『輝ける』オヤジたちは夢中になっていたのだろうか。

やはりからかわれているのか、と居心地の悪さからグラスを重ねていた俺は、不意に月下に囁かれ、はっと我に返った。

「落ち込んでいるようだね」

「えっ」

顔に出ていたか、と内心慌てつつ彼を見る。と、月下はにっこりと、それは見惚《みと》れるような微笑みを浮かべると、またも俺の心理を正確に言い当てた。

「別に僕たちは君をからかったりしていないよ。皆、それぞれ本気で君のファンだったんだ」

「……信じられません。あんなマイナーなバンドの、しかも一番マイナーだったベースなのに」

「確かにメジャーなバンドではなかったかもしれないけれど、充分、人気があったでしょう」

卑下《ひげ》することはないよ、と月下は笑ったあと、

「でも、気持ちはわかるかな」

と言葉を続けた。

「僕も若い頃にもてはやされ、その後鳴かず飛ばずとなった経験があるからね。リョウや紅葉に対してはやはりコンプレックスを抱いてしまう。ああ、鶴巻さんにもだな。他にもこの店の

常連は皆、それぞれに成功している人間が多くてね、彼らと自分を比べ、落ち込むことはよくあるよ」

「でも……萩原さんは今、その『成功者』じゃないですか」

コンプレックスを抱いたり落ち込む必要はないのでは、と俺は思わず言い返してしまったあと、口調が卑屈《ひくつ》すぎたかと気づきバツの悪い思いをした。

「すみません、その……」

「気にしなくていい。確かに僕は今、成功したと言えるかもしれない。でも、君の気持ちはわかると言いたかった。それだけさ」

月下に気にした様子はなく、またもにっこり、と微笑むと、すっと顔を寄せ耳許にこそりと囁いてきた。

「居心地が悪いなら、二人で抜け出さない？」

「……え？」

驚いて見やった先では、月下が少し悪戯《いたずら》っぽく笑い人差し指を自身の唇《くちびる》に当てていた。

「シーッ。皆に気づかれる。二人でゆっくり話をしようじゃないか。君の『今』についても聞きたいし」

「…………はあ…………」

どうしよう。迷っている間に月下は俺の腕を引き、そっとスツールを下りた。背後を振り返ると、ちょうど芒野と鶴巻、それに紅葉は、『GAMBLERS』のどの曲が好きだったかとか、グッズは何を持っていたかとかの当時の思い出話に盛り上がっていて、俺たちの動きに気づく様子はない。

彼らにとって興味があるのは過去の俺なんだな、と——興味があること自体が不思議《ふしぎ》で仕方がないが——思いながら俺は月下に連れられるがまま、こっそり店を出たのだった。

店に横付けにされていたタクシーは、月下が待たせているものだと聞き、リッチだな、と感心してしまった。

「いつも店に来るときは送迎をお願いしているんだよ。僕は酔うと寝てしまうことが多いから」

照れたように笑って説明する月下は、なんとも魅力的だった。涼しげな目元、酔っているためか少し紅潮《こうちょう》している頬——この場にもし梨香子がいたら、うっとりと見惚れるに違いない魅惑的な顔がそこにあった。

「……い、いいですね。俺……私も酔うと寝てしまうことが多くて……」

どぎまぎしてどうする。俺は梨香子じゃないぞ。そう思いはするものの、頬が赤らんでくるのを抑《おさ》えることができない。

魅力的な男は、同性相手でもその魅力を存分に発揮《はっき》するものなんだなと納得しつつ俺は、しどろもどろになっていることに月下が違和感を覚えないといいと願いながら会話を続けた。

「君もそうなんだ。おそろいというのも嬉しいな」

月下が嬉しげに笑う。今までと違い少し居心地がいいと思ったのは、彼が俺に対し『YOSHINO』と呼びかけないからか、と俺は気づいた。

熱狂的にそう呼びかけられたときには、どうしたらいいかわからなくなった。『YOSHINO』だったのは二十年も前のことで、それ以降、その名で呼ばれたことはない。

しかもああも熱狂的に呼ばれたことは現役時代にもなかった気がする。それこそ二十年も前のことだ。覚えていないだけかもしれないが——そんなことをつらつら考えているうちに月下が、

「ああ、着いた」

と窓の外を見やり、運転手に金を払って車を降りた。

「さあ、降りて」

「はあ……」

どこに『着いた』というのかと疑問を覚えつつ車を降り、そこが臨海《りんかい》の超高層《ちょうこうそう》マンションであると気づいて唖然となる。

「家《うち》で飲み直そう」

月下がまた、にっこり、と目を細めて笑い、俺の背にごく自然に腕を回してくる。

このマンションは建った当時、マンションとしては最高層、ということで話題になった。月下はここに住んでいたのか、とキョロキョロしながら、彼がカードキーを翳《かざ》してオートロック

を解除する横に並び中に入る。

エレベーターに乗り込んだあと、月下が押したボタンは最上階だった。

「エレベーターが止まると悲惨《ひさん》なんだよ」

凄いな、と思っているのが顔に出たのか、月下は謙遜《けんそん》したようなことを言い、次々数字が上がっていく表示灯を見やった。俺もまた同じくそれを見やる。

あっという間にエレベーターは最上階に到着し、そこでも月下はキーを翳してオートロックを解除すると、

「こっちだ」

と彼の部屋へと導いた。

「ロック、三重なんですか」

「高層階だけだけれどね」

面倒くさいよ、と月下がまた謙遜めいたことを言う。

「…………」

嫌みに聞こえないのは多分、月下の言い方がいかにもな『謙遜』ではないからじゃないかと思われた。それでいて自慢《じまん》げでもない。

褒《ほ》められたことに対し、さらりとかわすのが上手《うま》いのは、もしかして一度頂点を味わったあと、どん底――ってほどの低さではないと思うが――も経験し、再び上り詰めたという彼の経

歴が関係しているのかもしれない。

酸《す》いも甘《あま》いも嚙《か》み分けた、なんて年寄りくさい言葉が頭の隅《すみ》を掠《かす》め、これだから梨香子にオヤジ扱いされるのかもなと自嘲《じちょう》したあたりで、月下の足が止まった。

「ここだよ」

「角部屋ですね」

最上階、しかも角部屋。値段は相当高かっただろう。下世話なことを考えつつ月下に続いて部屋に入る。

大理石の立派な玄関で靴《くつ》を脱《ぬ》ぎ廊下《ろうか》を進んだ先にリビングダイニングがあったのだが、室内に足を踏み入れた途端、目の前に開けた美しすぎる東京の夜景に思わず俺は、

「うわっ」

と声を漏らしてしまった。

「気に入ってもらえて嬉しいよ。夜景を見るなら電気は消しておいたほうがいいかな？」

月下の手が俺の背に回る。カーテンが開け放たれていたので室内は真っ暗ではなく、彼に導かれるまま俺は夜景を眺めるのに最適な位置に置かれたと思しきソファへと到着した。

「待ってて。今、ワインを用意してくるよ」

「あの……」

おかまいなく、と告げようとした俺の腕を摑むと月下はソファに座らせ、

「ああ、ワインでいいかな？　他に飲みたいものはある？」

と屈《かが》み込むようにして問いかけてきた。

「あ、いえ」

「お腹は空《す》いている？」

「特には……」

「それならチーズでも切ろう」

「あの、本当に……」

おかまいなく、と立ち上がろうとした俺の肩に月下の手が乗せられる。

「いいから座っていて」

再び俺の身体をソファへと戻した月下はそう言いウインクすると一人キッチンへと消えていった。

キッチンの明かりが灯ったが、ソファからだと月下の姿は見えない。それで『手伝いに行くべきか』という当然のことに気づくのが遅れた。

つい目を向けてしまった東京の夜景は、本当に美しかった。六十階近い高さから見下ろすと、ネオンの看板の字までは見えず、一面、光の海となる。

あれはお台場の観覧車《かんらんしゃ》か、と呆《ほう》けたように外を見つめていた俺の耳に、月下のよく通る綺麗な声が響いてきた。

「暗いところは東京湾《わん》だよ。夏に花火大会があるだろう？　この部屋からの眺《なが》めはかなりいいよ」

「そうなんですか」

返事をし、振り返ったと同時に目に飛び込んできた光景に驚き、その場で立ち上がってしまった。

「す、すみませんっ」

チーズを切るどころか、月下は両手にオードブルの皿を持っていた。しかも皿に載っているのは、それこそ高級な食材には興味の欠片《かけら》もない俺でも値段が高いに違いないとわかるキャビア、それに生ハムやフルーツの盛り合わせで、いつの間にこんなすごい仕度《したく》を、と驚くばかりだった俺に月下は、

「いいから座って」

と微笑むと、オードブルの皿をテーブルに置き、再びキッチンへと戻ろうとした。

「て、手伝います」

遅い。心の中で自分に突っ込みを入れ、慌てて月下のあとを追う。

「大丈夫、あとはワインくらいだから」

そう言いながらも、グラスやワインクーラーを運ぶのに、一人では二往復が必要とわかったために俺は、氷の入ったワインクーラーを持たせてもらい二人してソファに戻った。

薄暗い中だというのに月下は器用にワインのコルクを開け、二つのグラスによく冷えた白ワインを注いでくれた。

「それじゃあ、乾杯しよう」

グラスを一つを手渡してくれながら、当然のようにソファの隣に座った月下がそう耳許で囁いてくる。

「ええと、何に……」

まさか二人の出会いに、なんてベタなことを言うんじゃないよな、という俺の勘《かん》は悪い方向に当たった。

「二十年ぶりに出会えた君の瞳に」

「……乾杯……」

もっとベタだった、と心の中で呟きながら、差し出されたグラスに己のグラスを合わせる。

チン、と綺麗な音が、しんとした室内にやたらと大きく響いた。

喉《のど》が渇《かわ》いていたのでグラスに口をつける。と、横で月下が一気にワインを飲み干したものだから、あまりの勢いに俺はつい彼のほうを見やってしまった。

「YOSHINO……」

空《から》になったグラスをテーブルへと下ろしながら月下が俺に顔を寄せてくる。

「あの、いや、あれ?」

頬に手を当てられ、のしかかられる。これはもしや迫られているのかと思いはしたが、すぐ、いやいやいやいや、とそんな己の考えを否定した。

いくらファンだといっても男が男に迫るわけがない。しかも相手は女性には不自由しないであろう、今をときめく小説家だ。一方俺はかつては芸能界の片隅《かたすみ》にいたとはいえ、今や広告代理店の下請け会社の経理担当のサラリーマン、なおかつ再来年には四十になる、ただのオヤジだ。

誰が好き好んで迫るものか――一瞬のうちにそう結論づけたというのに、月下が次にとった行動は俺の結論をまるっと裏切るものだった。

「YOSHINO……ああ、僕のYOSHINO」

切なげにそう言ったかと思うと両手で俺の頬を包み、いきなり唇を塞いできたのだ。

「――っ」

嘘だろ？　頭の中が真っ白になる。が、それでも手にしていたグラスを落とさぬようにという配慮《はいりょ》をしていたあたり、俺は根からの小市民だった。ソファも、ソファの下に敷かれたラグも、どう見ても高そうだという思考が本能的に働いたと見える。

そのためグラスをテーブルに下ろしてから、月下の胸を押しやろうとしたのだが、それが決定的なタイムロスとなった。グラスをテーブルに置いた途端、ソファに押し倒されてしまったのである。

「んーっ」

相変わらず唇はしっかり月下の唇に塞がれてしまっていた。ぬめるような感触が気持ち悪くてたまらない。が、隙を見せれば舌を入れられそうで、しっかりと唇を引き結びつつ、なんとか身体を起こそうと暴《あば》れるも、優男に見えた月下の腕力は意外にも強く、どんなに押しやろうとしても俺を組み敷く彼の身体はびくともしなかった。

そのうちに彼の手が俺のネクタイを解《ほど》こうとし始めたので、慌ててその手を摑んでやめさせようとする。が、次の瞬間には逆にその手を捕《と》らわれ、慌てて別の手で防戦《ぼうせん》に出ようとした、そっちの手をも捕らわれて、頭の上で押さえ込まれてしまった。

「ううーっ」

嘘だろ――？　それが偽《いつわ》らざる胸の内で、俺は今、自身に何が起こっているのか、まるで把握できずにいた。

悪ふざけというのならまだわかる。が、あっという間にネクタイを解き、ワイシャツのボタンを外しはじめた月下の手は止まることがなかった。

シャツの全部のボタンを外すと、中に着ていた下着代わりのTシャツを捲《めく》り上げられる。そのまま裸《はだか》の胸を彼の掌《てのひら》が這《は》い始めるに至り、これはジョークでもなんでもなく、まさに俺は今、襲《おそ》われているのだと自覚せざるを得なくなった。

自覚したところで防御《ぼうぎょ》はできず、触られるがままに胸を弄《まさぐ》られてしまう。男の胸を触って楽しいだろうか。いや、楽しくない。少なくとも俺は、と思うのに、月下にとっては楽しいことなのか、掌で万遍《まんべん》なく胸をさすっている。

くすぐったい、と身を捩《よじ》ったとき、いきなり乳首を摘《つ》ままれた。

「ひゃっ」

得たことのない刺激に思わず声が上がってしまう。と、それを待っていたに違いない月下の舌が、声を発したことで少し開いた俺の唇の間から侵入《しんにゅう》し、口内で蠢《うごめ》き始めた。

「うーっ」

舌を絡《から》めてこようとしていることは明白だったが、応える気にはなれなかった。必死で避《さ》けているとまた、月下が俺の乳首をきゅうと抓《つね》り上げてくる。

「……っ」

痛い――というだけではない未知なる刺激に襲われ息を呑《の》む。ぞわ、と腰のあたりから這い上るこの感覚はなんなのか。まさか男の胸にも性感帯があるというのか。そんな馬鹿な。男にあっても俺のようなおっさんにはないに違いない。

ほぼパニック状態に陥っていた俺の乳首を月下は、きゅ、きゅ、と断続的に抓ってくる。下《か》肢《し》から上るざわつきに身体を震わせてしまっている自分自身に、俺は叫《さけ》び出しそうになるほどの動揺《どうよう》を覚えていた。

呆然としていた隙を突かれ、舌をからめとられる。絡めた舌をきつく吸い上げてくる濃厚《のうこう》なキスに嫌悪感を覚える余裕は最早俺から失われていた。

キスを続けながら月下は俺の乳首をときに強く抓り上げ、次に指先でこねくりまわすようにしたあとに、爪《つめ》を立てる。続いてまた指先で摘まみ、引っ張るようにして抓る、等々《などなど》、俺の乳首を苛《いじ》めていく。

強い刺激を受けるたびに、俺の身体は己の意思を超えたところでびくびくと震え、信じがたいことに次第に下半身に熱がこもってきてしまった。

どうして、と動揺しながらも、勃起《ぼっき》しつつあることを知られるのは恥ずかしいと身体を捩って隠《かく》そうとする。だがその不自然な動きで月下は逆に気づいてしまったようで、唇を合わせたままふっと息を吐いて笑うと、胸を弄《いじ》っていた手をすっと下ろし、スラックス越しに俺の雄をぎゅっと握り締めた。

うわあーっ
唇を塞がれてさえいなければ、悲鳴を上げてしまっていたことだろう。男にナニを握られるなんて経験、今までしたことは一度もなかった。

これまでも充分気色《きしょく》が悪かったが、更に無理、と思ったと同時に月下が俺のスラックスのファスナーを下ろそうとしてきたものだから、俺は堪《たま》らず声にならない悲鳴を上げ、彼の胸を力一杯押しやっていた。

火事場の馬鹿力という言葉があるが、まさに今それが発揮されたらしく、それまではびくと

も動かなかった月下が怯んだ。この隙を逃すわけにはいかないと俺は再度彼の胸を、今や自由になっていた両手で押しやった。

「うわっ」

バランスを失い、月下がソファから転がり落ちる。その時には俺はソファから身体を起こしており、乱れた服装のまま豪奢《ごうしゃ》なリビングを駆け出した。

「YOSHINOーっ」

悲壮感漂う月下の声が背後で響く。床に落ちた際の打ち所が悪かったのか、彼があとを追いかけてくる気配はなかった。

申し訳ない、と思うような気持ちになれるわけもなく、廊下を走り玄関に辿り着くと、靴をつっかけた状態で部屋を出、エレベーターホールに向かいダッシュした。

幸い、エレベーターはすぐに来た。開いた扉《とびら》に飛び込み、『閉』ボタンを連打《れんだ》する。月下があとを追ってくるのではと思ったのだが、扉が閉まるまでの間に彼が追いつくことはなかった。

一気に一階まで降り、開いた扉から今度は飛び出す。そのままエントランスを目指し、自動ドアから飛び出したそのとき、聞き覚えのある声に名を呼ばれた。

「YOSHINO！」

「え？」

この声は、と立ち止まったと同時に目の前の車寄せに一台のリムジンが滑《すべ》り込んでくる。

「YOSHINO！　ああ、よかった。無事に会えた！」

後部シートのドアが開き、手を差し伸べてきたのは、先ほどまでバーで同席していた芒野だった。

「さあ、早く乗って。月下が来るかもしれない」

腕を摑まれ、車内に引きずり込まれそうになる。

「あ、あの……」

どうしてここがわかったのか。わけがわからないながらも、月下の名を出された瞬間、彼にされた異様な行為が頭に、そして身体に蘇り、ぶるっと身を震わせてしまった。

「さあ、早く」

更に強く腕を引き、車内へと導く芒野の言うがまま、車に乗り込んでしまったのは、偏《ひとえ》に月下への恐怖心——恐怖、というのとは少々違う気もするが——ゆえだと思う。

まさか車中で、月下の行為など、些細《ささい》なことだと言えるようなとんでもない酷い目に遭おうとは、未来を見通す力のない俺にわかるわけもなかった。

4

「あ、あの……これは一体……」

よく考えると――いや、考えるまでもなく、俺は今、非常に不思議な空間にいた。

全長何メートルあるかもわからない広々としたリムジンの車内にいるのは、今をときめくイケメン俳優芒野リョウと、やはり今をときめく建築家の田村紅葉の二人である。

だいたいなぜにリムジンなんだ？　まさか芒野か紅葉、どちらかの日々の移動手段はリムジンなのか？　まずはそこからして疑問だ、と思い、問いかけようとしたのだが、芒野も、そして紅葉も、なぜだか酷く興奮していた。

「ああ、YOSHINO……無事……だったのかい？」

芒野が泣き出しそうな顔になり俺に縋ってくる。

「無事……？」

意味がわからず問い返すと「ああ……」と感極まったように両手に顔を伏せてしまった芒野にかわり、紅葉が口を開いた。

「服が乱れている」

「……あ……」

指摘され、はっとし自分の身体を見下ろす。

慌てて月下の部屋を飛び出したため、服装を整える余裕がなかった。かろうじてエレベーターの中でスラックスのファスナーは上げていたものの、シャツのボタンは全開だし、下着代わりのTシャツもベルトの上に飛び出している。

「ええと、その、これは……」

言い訳をしながら、芒野の『無事』は俺の貞操《ていそう》を心配していたのかとようやく気づいた。

「あ、その、全然大丈夫です」

危ない目には遭った。が、結果としては何事もなかった。

いや、あれを『何事もない』と言い切るのは無理があるか。だが、キスされ、胸を触られたくらいで――ああ、股間《こかん》も服越しには握られたか――『何事』というのもなんだか違和感があった。

宴席《えんせき》でキスを強いられたこともある。今はもうすっかり廃《すた》れてしまった『王様ゲーム』でだ。なんであんなゲームが流行《はや》ってたんだか、と時代を嘆《なげ》きかけ、いやいや、今はそんな場合じゃないと気づく。

というのも芒野と紅葉が俺を凝視していたからだ。

「大丈夫……ってどういう意味？」

思い詰めた顔で問いかけてきた芒野の真意が、俺にはわからなかった。

「意味、というのは……？」

問いかけた俺に再び縋り付き、芒野がとんでもない言葉を口にする。

「ヤられはしたが、気にしてないから大丈夫、という意味なの？」

「なわけないでしょう！」

と、横から紅葉がぼそりと問いかけてくる。

「ヤられたんだよな？」

「だから、んなわけないって言ってるじゃないですか！」

なんで『ヤられた』前提で話が進んでいるんだ、と俺が言い捨てた直後、芒野と紅葉、二人して顔を見合わせたかと思うと、いきなりお互いをがばっと抱き締めたものだから、何が起こっているのかと俺はただただ呆然と、感動に打ち震えているらしき二人の様子を見つめていた。

「よかった、紅葉！」

「ああ、九割諦めていただけにこの感動は大きい！」

泣き出さんばかりの彼らが何を喜んでいるのか、さっぱりわからない。

「……あのー？」

それで声をかけると、二人の視線が一斉に俺に集まった。

「…………」

「…………」

直後に二人は再び互いを見やったあと、またほぼ同時に俺を見る。

「あ、あの……」

穴が空《あ》くほど、という比喩《ひゆ》がぴったりくる見られっぷりに、少々腰が引ける。と、またも彼らは俺から視線を互いへと移し、ほぼ同時に口を開いた。

「人に先を越されるよりは」

「我々が先《さき》んじようじゃないか」

「は？」

意味がさっぱりわからない。が、直後に二人が勢いよく俺へと向き直ったのを見て、嫌な予感がした。

ぎらつく四つの目が俺を見据《みす》え、じり、じり、とリムジンの中、二人が俺へと近づいてくる。

「あ、あの、すごいリムジンですね」

空気を変えたくて俺は、今更、と思いつつ、広々とした空間を誇《ほこ》るリムジンを褒《ほ》め始めた。

「ど、どなたの車なんですか？　芒野さんですか？　俳優さんはやっぱり、リムジンとか、日常でお使いになるんですか？」

俺の質問が宙に浮く。無視されている、というわけではなく、問いかけた相手の芒野も、そして紅葉も、怖いくらいに俺だけを凝視している。

「ええと、その……」

異様すぎる雰囲気。なぜかそのとき俺の頭には、隙を見せたら終わりだ、という言葉が浮かんでいた。

昔読んだ海外のサスペンス小説で、喋り続けていないと殺される、みたいな話があったが、今の俺の状態はまさに、そんな感じに思えた。

「こ、紅葉さん、すごい人気なんですってね。ウチの社長、今度家を建て替えたいって言ってたんですが、お願いしたいんじゃないかなあ……っと?」

しかし喋り続けることに意味はなかったらしく、じり、じり、と二人は俺との距離を詰めてくる。

「あ、あの、あのですね」

これ、と説明できない恐怖に煽《あお》られ、声がひっくり返ってしまった。その『恐怖』の根源にあったのは、つい十分ほど前に体験した、信じがたい行為であるということに気づくのにそう時間はかからなかった。

「ええっ」

あたかも獲物《えもの》に飛びかかる前の獣《けもの》のごとく、息を詰めていた二人がいきなり俺に向かってきたのだ。

ぎょっとし、逃れようにも、リムジンという密室の中では限界があった。

「ちょ、ちょっと？」

普通の車よりは勿論広い。が、所詮《しょせん》車中は車中だ。シートの上に押し倒され、暴れようにもスペース的に暴れかねていた俺を、芒野が、そして紅葉が、二人がかりで押さえ込む。

「な、なんです？　何か話があるならその……」

訴えかけても芒野も紅葉も聞く耳を持たず、押さえ込んだ俺をじっと見返している。

「……は、話があるならまず、落ち着きましょう。ね？　ほら、身体を起こして……」

ことさら明るい口調で二人に語りかけたのは、なんとか二人にも冷静になってほしかったからなのだが、そんな俺の望みがかなうことはなかった。

「ちょ……っ」

伸びてきた芒野の手が俺のシャツを引《ひ》き裂《さ》き、

「おい……っ」

紅葉の手が俺からスラックスを剝《は》ぎ取ろうとする。

「ま、待ってくれ……っ」

なぜにここで裸《はだか》に剝《む》かれなければならないのだ、と俺は必死に身体を捩り、二人の腕から逃れようとしたが、二対一ではいかんともしがたく、革張《かわば》りのリムジンのソファの上であっという間に全裸《ぜんら》にされてしまった。

「じょ、冗談は……っ」

やめてください、と主張しようとした声が喉の奥に飲み込まれる。渾身の力を込めて押さえ込んだ俺の裸を見下ろす二人の目はどちらもギラギラと妙《みょう》な光を湛《たた》えていて、『冗談』ではすまない雰囲気がビシバシ感じられたためだ。

「お、落ち着いてください」

月下にも言ってやりたかったが、今の俺は誰がどう見ても『冴《さ》えないオヤジ』だ。二十年前の俺じゃないのだ。

二十年前だってバンドの中では『冴えない』存在だった。一方、芒野も紅葉も、俺より年上ではあるが、オヤジはオヤジでも『冴えない』とは対極にいる『イケてる』オヤジだ。いや『オヤジ』なんて表現も相応《ふさわ》しくない。まさに今が旬《しゅん》の輝いている二人だ。その輝ける二人がなぜに俺をそんな、ギラつく目で見なきゃならんのだ。

落ち着け。そして目を覚ませ。二十年前のフィルターをかけて俺を見るな——と主張しようとした俺の言葉は結局、彼らに届くことはなかった。

「じゃんけんか?」

「ああ」

俺の言葉など少しも聞かず、芒野と紅葉がそれぞれそう言ったかと思うと、

「じゃんけん」

「ぽん」

と片手を離し、本当にじゃんけんを始めたからだ。

この隙に、と身体を起こそうとしたが、そのときには既に勝負がついていた。

「勝った！」

「負けた……」

芭野はじゃんけんが強いらしい。誇らしげに握った拳を振り上げたあとに、逃げようとした俺の身体を再び押さえつける。

「じゃ、いくよ」

「いきなりか？」

「もう余裕がない。だって二十年間、想い続けてきたんだよ？」

「気持ちはわかる……が、いきなりは可哀想だ」

意味のわからない会話が芭野と紅葉の間でなされたあと、二人の視線が俺へと移った。

「YOSHINO」

「好きだ」

芭野が俺の名を呼び、紅葉が真剣な顔で信じがたい言葉を口にする。

「だ、だからですね……」

俺はもう『GAMBLERS』の『YOSHINO』ではない。ルミナス企画の経理部長、桜田由乃だ。

若い女性社員は梨香子くらいしかいないが、そう若くない女性からも、そして勿論男性からも、熱い眼差しを向けられることなどない、ただの冴えないおっさんなのだ。

頼むから目を覚ましてくれ――主張しようとした俺の両脚を芒野が掴み、いきなり抱え上げる。

「えっ」

何が起ころうとしているのか。戸惑《とまど》いを覚えたのは一瞬だった。

「ええっ」

両脚を抱えることで俺に腰を上げさせた芒野が、いきなり後ろに顔を埋《うず》めてきたのだ。

「な、なにしてるんですかーっ」

仰天《ぎょうてん》し叫んだ俺の両手を頭のほうから押さえ込んだ紅葉が、覆い被さってきたかと思うと、裸の胸を舐《ねぶ》り始めた。

「な……っ……やめてください……っ」

ざらりとした舌で乳首を舐られ、ますますぎょっとしたところに、割れ目を押し広げるようにして芒野が信じられないところを舐《な》め始める。

「よせ……っ」

逃れようにも、紅葉に両手を、芒野に両脚をがっちりとホールドされ、身を捩ることもかなわない。

紅葉が乳首を片方ずつ丹念に舐め上げる間に、芒野の舌が後ろから前へと回り、雄の裏筋《うらすじ》を舐め上げた。

「……っ」

ぞわ、とした刺激が下肢から這い上り、びくん、と雄が震《ふる》える。よせ、と怒鳴ろうとしたとき、コリッと音がするほど乳首を噛まれ、その刺激にまた、身体がびくっと震えてしまった。

自分で自分がわからない。どう考えても今、俺は感じ始めてしまっていた。

雄はともかく、俺の胸にも性感帯《せいかんたい》があったのだ。月下に胸を舐られていた際覚えていたのは快感《かいかん》だったと、今や俺は認めざるを得なくなっていた。

裏筋を舐め上げていた芒野の舌が雄の先端に辿り着いた直後、彼はすっぽりと俺の雄を咥《くわ》え、唇で、舌で愛撫《あいぶ》を始めた。

「や……っ」

耐えられない声が口から漏れる。女性と付き合ったことは人並みにあるものの、フェラチオの経験はなかった。やってもらうのが申し訳ないと思ってしまっていたからだが、経験がないだけに芒野のフェラチオは俺を僅《わず》かな時間内で絶頂へと導いた。

「あっ……あぁ……っ……あっ……あっあっ」

初めての体験ゆえ、上手い下手はわからない。が、同性ならではのツボを心得ているせいだろうか、いつしか俺は羞恥《しゅうち》を忘れ、喘《あえ》ぎ始めてしまっていた。

「あぁっ……もう……、もう、あぁ……っ」

胸に、そして雄に間断なく与えられる愛撫に肌は熱し、鼓動《こどう》は早鐘《はやがね》のように打ち続ける。芒野の口の中で俺の雄は張り詰め、今にも破裂《はれつ》しそうになっていた。

紅葉の手はいつしか俺の手を押さえるのをやめ、舐っていないほうの乳首を抓り上げている。きゅう、と強く乳首を抓られ、もう耐えられない、と息を詰めたそのとき、勃《た》ちきった雄にすっと冷たい風を感じ、俺は瞬時、はっと我に返った。

「……あ……」

声を漏らしたせいか、紅葉が身体を起こす。おかげで視界が開けたのだが、そこに俺は信じがたいものを見出し、快感に喘いでいたその口から悲鳴を上げてしまった。

「うおっ」

「YOSHINO……」

愛しげに名を呼び微笑みかけてきたのは芒野だったのだが、自身のスラックスのファスナーを下ろしたその間から、勃ちきった彼の逞《たくま》しい雄が露わになっていたためである。

俺に限らず、同性の勃起した雄など目にする機会はそうないだろう。なので勃起状態の雄と比べるのは自身のそれしかないのだが、芒野の雄は俺の倍——は言い過ぎでも、一・五倍は逞しかった。

そんな太いものをまさか、と、とてつもなく嫌な予感に襲われ、またも悲鳴を上げかける。そんな俺の腹の辺りに芒野は腕を回したかと思うとその場でうつ伏せにさせ、予感以上に酷い行為をし始めた。いきなりその勃ちきった立派な雄を俺の後ろにねじ込もうとしてきたのだ。

「いったーっ」

激痛が走り、悲鳴なんてもんじゃない絶叫が喉から発せられる。文字どおり、身体が二つに引き裂かれるかのような痛みだった。感情的なものではない、生理的な涙が頬を伝う。

「YOSHINO、泣かないで」

紅葉の声がしたと同時に、彼の舌が伸びてきて涙を拭われる。紅葉はいつの間にか四つん這いの俺の身体の下に、身を潜り込ませていた。

泣きたくて泣いているわけじゃない。ただただ痛いんだ！　と怒鳴りつけたいのにそれすらできないほどの苦痛に今、俺は見舞われていた。

先ほどまで感じていた快感《かいかん》はすっかりなりを潜《ひそ》め、身体から一気に熱が引いていくのがわかる。勃起していたはずの雄もすっかり萎《な》えてしまっていた。

苦痛から身体を強張《こわば》らせていた俺の後ろに、尚も強引に雄をねじ込みながら、芒野がどこか呆然《ぼうぜん》とした口調で呟《つぶや》く。

「物凄くキツい。もしかしてYOSHINO、バックバージンかも……」

「……あたり……っ」

前だ、と言おうとした俺の声に被さり、紅葉の、

「なんだってっ」

という怒声が響いた。

「薄汚《うすよご》れた芸能界にいたというのに、バックバージンだとっ?」

「夢みたいだ……ああ、今日まで生きてきて本当によかった……っ」

喚《わめ》く紅葉をまるっと無視し、芒野は感極まった声を出したかと思うと、

「ふんっ」

と力み、一気に腰を進めてきた。

「……っ」

今まで以上の激痛に見舞われ、悲鳴を上げることもできずに歯を食いしばる。

「YOSHINO、YOSHINO、YOSHINO……」

上擦《うわず》った声で俺の名を連呼しながら、芒野が俺を突き上げ出した。

「痛っ……痛い……っ……いたいーっ!」

奥底を抉《えぐ》られるたびに、新たな痛みが俺を襲い、悲鳴を上げ続けたが、大きすぎるほど大きなその声ですら、芒野の耳には届いていないようだった。

「僕は……っ……僕は、本当に幸せだーっ」

叫びながら尚も俺を突き上げ続けていた彼の動きが不意に止まる。

同時に後ろにずしりとした重さを感じ、朦朧《もうろう》となりつつある意識の下、もしや彼は達したのだろうかと俺は察した。

「もう……死んでもいい……」

そう呟く芭野の声がした直後、ずる、と後ろから彼の雄が抜かれた。

「……う……っ」

すぐに指が挿入《そうにゅう》され、芭野が放った精液が掻き出される。

「次は俺だ」

紅葉がそう言い、芭野とポジションを変わった。

「もう……夢のようだ……」

感極まった声を上げながら紅葉が、俺の身体をひっくり返して仰向《あおむ》けにした上で、両脚を抱え上げる。

「優しくしてあげてね。YOSHINO、相当痛そうだったし……」

息を乱しながら芭野が紅葉に声をかけるのを、痛がっていたことにちゃんと気づいていたんじゃないかと怒鳴る気力は最早なかった。

「わかってる」

紅葉が芭野に頷いてみせたあと俺の名を優しく呼ぶ。

「YOSHINO……」

同時に後ろに彼の雄をあてがわれたのがわかる。またあの苦痛に見舞われるのかという恐怖心が芽生《めば》えたが、それでも抗《あらが》おうとは思わなかった。抗ったところで逃れられないと諦めていたのかもしれない。

「YOSHINO……好きだ。愛している……っ」

熱に浮かされたように呟きながら、紅葉が俺のそこへと雄をねじ込んでくる。

後ろからでも前からでも痛みはまったく変わらなかった。苦痛に呻《うめ》きながらも、この痛みから逃れるのには気を失うしかないという本能が働き、本格的に苦痛を感じるより前に、俺は無事、意識を手放すことができたようだった。


「YOSHINO……？　YOSHINO、大丈夫？」

ぺしぺしと頬を叩《たた》かれ、混沌《こんとん》とした闇《やみ》の中に沈《しず》んでいた意識が再び戻ってくる。

「……………え…………？」

目を開いた先、飛び込んできたのは心配そうな表情を浮かべる芒野と紅葉の顔だった。

「…………あ…………」

次第に意識が戻ってくる。と同時に身体に感じる痛みも蘇り、今まで自分の身に成された全ての事柄《ことがら》を俺は一気に思い出した。

「怯《おび》えないで」

「すべては愛ゆえだからな」

相変わらず心配そうな表情を浮かべつつ、芒野が、そして紅葉が、俺に訴えかけてくる。

「…………………」

愛――この年になるともう、陳腐《ちんぷ》にしか聞こえないその単語を、少しの羞恥も覚えていない様子で繰《く》り返《かえ》す二人を、俺は思わずまじまじと見やってしまった。

「好きだ。愛してる。YOSHINO。驚かせたかもしれないけれど後悔《こうかい》はしていない」

「ああ。二十年、ずっと想い続けてきた。その想いを成就《じょうじゅ》できた。もう、俺は死んでもいい」

芒野が、紅葉が、それぞれに感極まった声を上げ、俺を見下ろしてくる。

「まだ僕は死にたくないな。この先もYOSHINOと抱き合いたいもの」

「ああ、そうだな。一回で満足なんてできるわけがないんだ。十回でも百回でも千回でも、いや、一万回でもYOSHINOを抱きたい」

「……い、一万回……」

一年三百六十五日、閏年《うるうどし》は六日だが、一日一回としても一万回やるには二十七年かかる。

「十万回でもいいね」

芒野もにっこり笑ってそう言い、視線を俺へと向けてきた。

「……それは……」

二百七十年も生きてないと思う――突っ込もうとしたと同時に、論点はそこじゃないかと気

づいたが、またも芒野が、

「ああ、本当に僕は幸せだ」

とうっとりした目線となり、自分の世界に入ってしまったものだから、何も言えなくなった。

それなら、と紅葉へと視線を向けると、

「本当に夢のようだ」

と彼もまたうっとりした目で俺を見つめている。

「あの、あのですね」

クレームをつけたい気持ちも勿論ある。訴えるぞ、と脅《おど》してもいいくらいのことをされた自覚もあった。

が、なぜか怒りより戸惑い――といおうか、百パーセント抱く必要のない罪悪感《ざいあくかん》めいた気持ちしか、胸に湧き起こってこなかった俺は、その罪悪感を払拭《ふっしょく》すべく少しも人の話を聞く気配のない二人に声をかけた。

「なに？　YOSHINO」

「またしたくなったのか？」

途端に二人が俺に向かってくる。

「いや、それはない」

身を乗り出された分、慌てて身体を引くと俺は、彼らの目に映っているのは幻想《げんそう》でしかないということをいい加減、察してもらおうと口を開いた。

「あのですね、何度も言いますが、俺はもう、昔のYOSHINOじゃありませんから。三十八歳の冴えないおっさんですからっ」

「そんなことはない」

「YOSHINOは少しもかわらないよ」

だが紅葉と芒野は即座《そくざ》に俺の言葉を否定し、なおも身を乗り出してくる。

「よ、よく見てください。年相応《としそうおう》の、なんの輝きもない……って、当時も輝いていたとは自分では思えないんですが……ほんと、冴えないおっさんですよ」

腰が引けそうになったが、こうなったらもう、視覚に訴えるしかない、と俺もまた彼らへと向かって身を乗り出す。

「君は輝いているよ。今も昔も」

「ああ、そのとおりだ。輝いていたからこそ、二十年もの間、思い続けてきたんじゃないか」

リムジンの中が薄暗いのがいけないのか、二人はちっとも目を覚ましてくれない。

「電気、つけましょう」

こうなったら、と俺は手をのばし、車内灯のスイッチを探した。

「積極的だな」

芒野が嬉しげに笑ったかと思うと、手元のリモコンを操作し明かりをつけてくれた。

「……っ」

まぶしい、と目を閉じた俺の耳に、ほう、という二人の溜め息が響く。

「……ん？」

いやな予感に見舞われ、慌てて目を開いてぎょっとした。というのも車内で俺だけがまだ、一糸まとわぬ姿でいたからだ。

慌てて服を探したが、それらは芒野が座るシートの横にたたまれ置いてあった。

「し、失礼します」

手を伸ばし服を取ろうとした、その手を芒野が摑んでくる。

「そんな姿を見せられちゃ、もう我慢できない」

彼の口調は切羽詰《せっぱつ》まっており、声音《こわね》は上擦っていた。

「ああ。もう一度……いいだろう？」

紅葉がごくりと唾《つば》を飲み込みながら、やはり上擦った声でそう言い、芒野が摑んでいないほうの手を摑もうとする。

「ちょ……っ！　よく見てくださいって！　おっさん、おっさんでしょ？」

そのために電気をつけたのに、何を血迷《ちまよ》っているんだと二人に訴えかけた俺は、返ってきた答えに脱力してしまった。

「見ていいんだね？　君の綺麗な裸を」

「ああ、YOSHINO。なんて美しいんだ」

「綺麗でも美しくもないでしょう！　おっさんだ、俺はもうっ」

だが脱力している場合ではなかった。感極まった声を上げた二人がまたも俺をシートに押し倒し、裸の胸に、下肢に顔を埋めてきたのだ。

「やめろーっ」

紅葉に乳首を吸われ、芒野に雄を咥えられる。苦痛に見舞われ竦《すく》んでしまっていたはずの身体が二人によって与えられる直接的すぎる愛撫に、びく、と大きく震えた。

「YOSHINO……」

「ああ、YOSHINO……」

「やめてくれーっ」

熱に浮かされたように二人が俺の身体に唇を、手を這わせ始める。

二人の愛撫を受け、俺の身体が快感に疼《うず》き始めるのにそう時間はかからなかった。二人がかりという上に、それぞれの性技はあまりに巧《たく》みで、肌の下で燻《くすぶ》っていた快楽の焔《ほむら》が一気に立ち上るのがわかる。

乳首を吸われ、噛まれ、舌先で突かれると同時に、雄の先端のくびれた部分を丁寧に舐められ、陰嚢《いんのう》を揉《も》みしだかれる。

「あっ……あぁ……っ……あっ」

今やすっかり喘いでしまっていた俺の身体は苦痛を忘れ、快楽に塗《まみ》れてしまっていた。

心臓の音が耳鳴りのように頭の中で響いている。肌はすっかり熱していたが、熱いのは肌だけではなく、身体全体、吐く息にすら熱がこもっていた。

「あぁ……っ……あっ……あっ……あっ」

先ほど苦痛を与えた罪滅《つみほろ》ぼし、とばかりに、紅葉と芒野は執拗《しつよう》なほど丁寧に、俺を昂《たか》めようと、手を、口を動かし続ける。

一度達しただけでは彼らの愛撫は終わらず、リムジンの中で俺は文字どおり『性を搾《しぼ》り取られる』状態に陥るほど、二人に喘がされてしまったのだった。

5

「部長、おはようございま……す？」

翌日、出社した途端《とたん》、目が合った梨香子《りかこ》に語尾が疑問形になる挨拶《あいさつ》をされたのがなぜか、自分でもよくわかっていた。

「おはよう」

「どうしたんですか？　なんかよろよろしてますけど……」

ぎっくり腰ですか？　と心配そうに尋ねてきた彼女に俺は、

「まあ、そんなところ」

と答えたが、正解は勿論《もちろん》違った。

昨日、いきなり芒野《すすきの》と紅葉《こうよう》、二人に突っ込まれた、その痛みが残っているばかりではなく、その後、さんざん二人に精を吐き出させられたために、一夜明けてもほぼ腰が立たない状態だったのである。

「もうトシなんだから、無理しちゃダメですよ」

梨香子は呆《あき》れた口調で言いつつも、立ち上がり、俺のために椅子《いす》を引いてくれた。

「ありがとう」

「特別にコーヒー淹《い》れてあげます」

今まではそんな親切、してくれたことがないのに珍《めずら》しい、と思いながらも、

「ありがとう」

と礼を言うと、梨香子は、目的はソレか、という言葉を続け、俺をがっかりさせたのだった。

「感謝の気持ちがあったらまた、あのバーに連れていってくださいよ。芒野リョウとか田村紅葉とかに会いたいし！」

「……そ、そのうちにね……」

その芒野と紅葉が昨日俺に何をしたかを知ったら、彼女はどんなリアクションを見せるだろう。

まあ、言えるわけもないけれど、と溜《た》め息《いき》を漏《も》らしかけたそのとき、

「おはよう！」

いつになく明るい声を上げ、社長がフロアにやってきた。

「おはようございます」

「あれ、パパ、どうしたの？」

何かとフリーダムな梨香子は、職場でも平気で社長を『パパ』と呼ぶ。

さすがに社長は社員たちの手前もあるので、普段なら一応注意を促《うなが》すのだが、今日はその余

裕もないのか、

「大変なことになった！」

となおも明るい声を出した。

「大変……といいますと？」

「『大変』っていう割に嬉《うれ》しそうじゃない？」

問いかけた俺の声と梨香子の声が重なる。

「ああ、大変だ！」

「……っ」

社長はそう言ったかと思うと、梨香子ではなく俺へと歩み寄り、バシバシと肩《かた》を叩《たた》いてきた。

あまりの勢いに倒れ込みそうになる。

「危ない」

横から親切にも身体を支えてくれた梨香子が、

「パパ、ダメよ」

と俺のかわりに抗議《こうぎ》の声を上げてくれた。

「部長、ぎっくりなんだから」

「ぎっくり？　大丈夫か？」

途端に社長がおろおろしはじめる。

「？　は、はい。まあ……」

社長は悪い人では勿論ないのだが、この心配のしっぷりはさすがに不自然だ。違和感《いわかん》を覚えつつ頷《うなず》いた俺の前で、社長はあからさまなほど安堵《あんど》した表情を浮かべると、

「ちょっと一緒に来てくれ」

と俺の腕を摑《つか》んだ。

「どこへです？」

「だから部長はぎっくりなんだってば」

強引に腕を引き、歩きだそうとする社長の背にかけた俺の声と梨香子の声がまた重なる。が、それだけ案じてくれていた梨香子も、社長が振り返って告げた訪問先を聞いた途端、父親側についてしまった。

「芒野リョウの事務所だよ。彼の口利《き》きでＣＭ制作が決まったんだ」

「えーっ！　いいなあっ！」

黄色い声を上げた梨香子が、俺から離れ、父親へとまとわりつく。

「私も行きたいー！　パパ、ねえ、いいでしょう？」

「お前はお前の仕事があるだろう？」

社長は呆れた口調でそう言うと、顔を引き攣らせ立ち尽くしていた俺へと、満面《まんめん》の笑みを向けてきた。

「芒野さんから是非《ぜひ》君を連れてきてほしいと頼まれてね。昨夜《ゆうべ》、ファンの集いをやってもらったんだろう？　残念ながら私は間に合わなかったが、君も礼を言いたいんじゃないか？」

「……はあ、まあ……」

礼どころか！　と喚《わめ》き立てたい気持ちを必死で胸の奥に押し込める。

「さあ、行こう。芒野さんがお待ちだ」

「パパ、私もー！」

明るく誘《さそ》ってくる社長に対し、粘《ねば》る梨香子を見た瞬間、俺の頭に閃《ひらめ》きが走った。

「すみません、腰をやられてしまって、満足にお辞儀《じぎ》もできない状態では、失礼になるんじゃないかと思います。私の代わりにお嬢さんに同行していただいては？」

「部長ー！　恩《おん》に着《き》ますー！」

梨香子がはしゃいだ声を上げ、タックルするように俺に抱きつく。

「いて……」

「きゃー、ごめんなさいっ」

体重を支えきれず、よろけた俺から梨香子はぱっと離れると、

「ねえ、いいでしょ、パパ」

と蹲《うずくま》る俺には目もくれずに、父親に懇願《こんがん》し始めた。

「きっと若くて美人が行ったほうが喜ばれますよ」

いてて、と腰をさすりながらそう言葉を続ける。

「うーん」

社長は迷《まよ》っていた様子だったが、俺があまりにつらそうなのと、娘がしつこく「パパお願い」と縋《すが》るのに耐《た》えられなくなったようで、

「わかった」

渋々《しぶしぶ》ではあるがようやく頷《うなず》いてくれた。

「きゃー！　パパ、ありがとう！」

今度、梨香子は父親に抱きつき、喜びを全身で表現してみせる。

「失礼のないようにな」

パパ――ではなく社長は心配そうな顔をしながらも娘には甘い父親の顔になり、やがて二人は事務所を出ていった。

やれやれ、と溜め息をつきつつ、席に座る。そういやコーヒーを淹れてくれるといっていたが、梨香子はそれをすっかり忘れて出かけてしまったため、自分で淹れざるを得なくなった。

ちょうど喉《のど》も乾《かわ》いていたのでそろそろと立ち上がり、コーヒーメーカーの置いてある場所へと向かう。

いつもブラックなのでプラスチックのカップにちょっと煮詰《につ》まり気味《ぎみ》のコーヒーを注《そそ》ぎ、再び席に戻ってパソコンを立ち上げた俺は、メールを開いた途端に目に飛び込んできた三通のメ

ールに、思わず深い溜め息を漏らしてしまった。

「部長?」

席が近い部下が、具合でも悪いのかと案じてくれたらしく問いかけてくる。

「なんでもないよ」

気にしないでくれ、と引《ひ》き攣《つ》った笑いを浮かべつつ俺は、メールを開く勇気を持ち得ず、そのまま固まっていた。

メールを送ってきたのが誰か。件名にそれぞれ名前が書かれているので開く前からわかったのだ。

昨夜の夜十一時頃のメールが萩原月下《はぎわらげっか》。今朝の六時が田村紅葉《たむらこうよう》、そしてつい先ほど、朝の九時が芒野リョウだった。

このまま読まずに捨ててしまいたい——が、それはそれで怖い。

あまりに手を動かさないでいるとまた部下たちに訝《いぶか》られそうで、仕方がない、と俺は勇気を振り絞《しぼ》りまずは月下のメールを開いた。

メールの内容はある意味予想どおり、昨夜の行為への詫《わ》びだった。

さすがは小説家と言おうか、原稿用紙にして一体何枚あるんだと思われる長文のあとに、

『直接謝りたい。是非、一度会ってもらいたい。二人きりで』

という言葉と、都合はいつでも俺に合わせるという一文が添《そ》えられていた。

いきなり押し倒された昨夜の記憶がある以上、二人きりで会うなんて愚行《ぐこう》、するわけがないだろうと思いながらメールを閉じる。

このメールには返信するより無視のほうがいいだろう。そう判断し、続いて紅葉のメールを開いた。

『素晴らしい夜だった。是非また会いたい』

その一文を見た瞬間、俺は会いたくない、と心の中で言い捨てメールを閉じる。

これもまた返信の必要はないなと勝手に決め、最後に芒野のメールを開いた。

『YOSHINO、君と会う機会を増やすため、君の社にＣＭ制作を依頼することにした。まもなく君と会えるかと思うと胸の高鳴りを押さえることができないよ』

「…………」

『間もなく』芒野の事務所を訪れるのは社長と梨香子だ。マズかったかなと少々心配にはなったが、社長が行けば仕事の話はせざるを得ないだろうと、無理矢理自分を安心させることに、俺はなんとか成功した。

三通とも返信を求めてきてはいないので、このまま放置でいいだろう。それにしても酷《ひど》い目に遭《あ》った。昨夜の記憶が蘇りそうになるのを気力で振り切り、過ぎたことは一日も早く忘れようと俺は、本日やらねばならない仕事に意識を集中させていったのだった。

腰の怠《だる》さに気を削《そ》がれつつも、なんとかパソコンの画面に意識を集中させることができるようになった頃──机上の電話が鳴った。

嫌な予感しかしない。居留守を使いたかったが、部下たちの白い目が怖かったので仕方なく受話器を取り上げる。

「はい、ルミナス企画……」

ディスプレイに浮かぶ番号には見覚えがありすぎた。社長の携帯電話である。彼の行き先を思うとやはり嫌な予感しかせず、憂鬱《ゆううつ》に思いながら受話器の向こうに声をかけた俺の耳に、悲愴感漂《ひそうかんただよ》う社長の声が響《ひび》いた。

『すぐ来てくれ。場所は恵比寿だ。タクシーを飛ばして来るんだ。これから住所を言う』

「ちょ、ちょっとお待ちください」

この慌《あわ》てぶりからすると、俺が来ない限りCM依頼の話は白紙にする、とでも言われたのだろう。

やはり行かざるを得ないかと諦《あきら》め早く往訪を決めたのは、先方には社長や梨香子がいるとわかっているためだった。

こんな日中、人目があるところで、人気商売の代表格ともいえる芸能人の芒野が、眉《まゆ》を顰《ひそ》められるような行為に走るわけがない。

芒野は数年前大手芸能プロダクションから独立《どくりつ》し、彼自身が社長を務める個人事務所を立ち上げているという話だった。社員たちの前でそうそう恥ずかしい姿を見せることはすまい。社会人としての彼の常識を信じ、俺は社長が焦《あせ》って告げる住所をメモすると、

「すぐ参ります」

と告げて電話を切った。

「すまない。社長に呼び出された。ちょっと出てくる」

「大丈夫ですか、部長」

「お大事に」

部下たちに声をかけると、皆、俺の腰を心配しつつ送り出してくれた。容態を案じてくれている彼らも、この腰痛の原因を知ればどん引きするだろうなと、我ながらくだらないことを考えながら俺はそろそろと足を進め、恵比寿にある芒野の事務所へと向かうべく会社を出たのだった。

タクシーでの移動中も、腰には重い痛みを感じていた。ほんの数時間前にさんざんな目に遭わされた張本人と顔を合わせるのは憂鬱でしかなかったが、社長命令ともなればそうも言っていられない。

恵比寿のいかにも、といった感じの洒落たビルにタクシーが到着したと同時に、そのビルの

前に立ち尽くしていた社長が駆《か》け寄ってきて、運転手にタクシーチケットを差し出した。

「社長？」

「早く。早く来てくれ」

真《ま》っ青《さお》になりつつ社長が俺の腕を引く。

「いてて……」

強引に車から降ろされるとき、腰に痛みを覚え悲鳴を上げたが、社長は「悪いな」と言いながらも、俺の腕を引く手を緩《ゆる》めることはなかった。

「どうしたんです」

「どうもこうもなくてね」

美人受付嬢に目もくれず、社長が受付前を通りエレベーターへと俺を引《ひ》き摺《ず》るようにして進んでいく。

「契約書を前に君と記念写真が撮りたいんだそうだよ。それまでは印はつかないと」

「記念写真……」

ゴネているのだろうなというのは想定内だったが『記念写真』までは考えてなかった。こんなおっさんと写真を撮るのが楽しいか、と溜め息を漏らしそうになった俺は、続く社長の言葉に思いっきり噎《む》せた。

「昨夜、記念すべき夜に写真を撮るのを忘れたのが痛恨《つうこん》のミスだと言っていた。最高のシャッターチャンスを逃したというのだが……っておい？」

腰痛を堪《こら》えつつ、げほげほと咳《せき》込んだ俺の背を社長が慌てた様子でさすってくれる。

「大丈夫か？」

「は、はい……」

『記念すべき夜』『最高のシャッターチャンス』。それが何を意味するかに思い当たった瞬間、俺は噎せてしまったのだった。

まさか。いや、やりかねん。紅葉と二人がかりで俺にかかってきた芒野だ。濡《ぬ》れ場《ば》の写真撮影をするくらいのことは、考えかねない。

だがさすがに今、契約書を前に不埒《ふらち》な振る舞いをすることはないだろう、と俺はなんとか自分を落ち着かせた。

「すみませんでした……」

こうなったらもう、社長と梨香子に盾《たて》になってもらうしかない。社長はともかく梨香子は喜んで芒野との間の『盾』役を務めてくれるだろう。頼むぞ、日頃働いていない分、今この瞬間は俺のために働いてくれ。

祈りながら俺は、社長に続いて応接室と思《おぼ》しき部屋に入った。

『YOSHINO！』

今日も芒野がそう叫んで抱きついてきたらどうしよう。幾分《いくぶん》腰が引けてしまいながらも中に

入り、

「遅くなりまして」

と頭を下げた社長に倣《なら》い、俺もお辞儀をする。

「無理を言ってすみません、松本社長」

床を眺《なが》めることとなった俺の耳に、爽《さわ》やかさ全開の芒野の声が響いた。昨夜の所業が夢としか思えない、まさにテレビから聞こえてくる声そのものだ、と思わず頭を上げ彼の顔を見る。

「桜田《さくらだ》さんにも無理を言い、申し訳ありませんでした。腰をやられたとか……大丈夫ですか？」

予想に反して俺に飛びついてくることもなく、心配そうに眉《まゆ》を顰《ひそ》めながら問いかけてくる芒野を前に、俺は一瞬啞然《あぜん》とした。

「お気遣いいただきありがとうございます」

だが先に社長に頭を下げられ、いけない、と我に返って同じく頭を下げる。

「いたみいります」

そう言いながらも俺は、一体誰のせいでこんな身体になったと思っているんだ、と心の中で毒《どく》づいていた。

「桜田さんが結びつけてくれた折角《せっかく》の松本社長とのご縁《えん》です。契約締結《ていけつ》の瞬間をどうしても写真に残したいと思いまして」

言いながら芒野が振り返った先には、どう見てもお偉方《えらがた》といった雰囲気《ふんいき》の、スーツ姿の男がいた。

「僕がこの十年、ずっと出演させてもらっているビール会社の広報担当役員の朝日《あさひ》さんです。朝日さん、彼があの『YOSHINO』です。僕が二十年来ずっとファンだった……」

「あなたが……」

朝日という名のお偉方が引《ひ》き攣《つ》った笑いを浮かべ、俺に頭を下げてきた。

「以前バンドをしていらしたとか……どうも不勉強で……」

要は知らないということだろう。知っている方が珍しいといっていいようなマイナーなバンドだ。しかも今から二十年前の話だ。恐縮《きょうしゅく》する必要はない、と俺は慌てて首を横に振った。

「いえいえ、高校生の手慰《てなぐさ》みみたいな素人《しろうと》バンドでしたから。お恥ずかしい限りです」

「YOSHINOは……失礼、桜田さんは慎《つつし》み深い人なので、謙遜《けんそん》ばかりなさるんですよ」

ここで横から芒野が話に入ってきて、またも俺をいたたまれない気持ちに追いやってくれた。

「いや、本当にマイナーで……」

「いやいや、本当に不勉強で申し訳ないです」

ビール会社の役員に、我々ＣＭ制作会社は頭を下げることはあるが、下げられることはまずない。

役員どころか、現場に詰《つ》めている担当者クラスの若者にも、ひたすらぺこぺこする必要があるのに、芒野の手前、非常に腰の低い対応をする役員に俺も、そして社長も小心者ゆえ、どぎまぎしてきてしまった。

「そ、それでは写真、撮りましょうか」

居心地の悪い時間を少しでも早く終わらせようと、積極的に議事進行を提案する。

「そうだね YOSHINO……失礼、桜田さんと松本《まつもと》社長はこちらへ、朝日専務《せんむ》はこちらへ。僕は……そうだな、真ん中に立とう」

芭野が立ち位置を決め、彼の事務所のスタッフがカメラを構える。気づけば室内に梨香子の姿はなかった。ビール会社の専務に失礼があってはならないと、『パパ』でもある社長が帰社させたに違いない。

「YOSHINO、笑って」

そんなことを考えていた俺の横にちゃっかり立っただけじゃなく、肩まで抱いてきた芭野が、誰にも聞こえないよう耳許《みみもと》に囁《ささや》いてきた
「YOSHINO、腰を痛めたんだって？　もしや僕らのせいかい？」

「他に……っ」

どんな原因があるというんだ、と思わず怒声を張り上げようとした俺は、次の瞬間、皆の注目を集めているのを察し、はっとして口を閉ざした。

「桜田君、どうした？」

松本社長が顔を引き攣らせながら尋ねてくる。

「も、申し訳ありません」

「僕がつまらない冗談《じょうだん》を言ったせいです。怒られて当然だ」

慌てて詫びる俺の声に被《かぶ》せ、庇《かば》おうとでもしたのか芒野がそう告げる。

「さ、桜田……っ」

こんな大きな仕事をくれた、いわば恩人《おんじん》ともいうべき芒野に対し『怒る』とは何事だ、と目で怒りを表してくる社長に、違います違います、と俺は必死で首を横に振ることで釈明《しゃくめい》しようとした。

「さあ、撮りましょう」

そこに明るく芒野が声をかけ、社長やビール会社の専務の目をカメラのレンズに向けさせる。

「…………」

本当にもう、と溜め息を漏らしそうになるのを堪え、俺もまたレンズを見たのだが、そのとき肩を抱く芒野の手に一段と力がこもった。

「……っ」

思い出したくもない昨夜の光景が次から次へと脳裏に浮かんでは消えていく。『屈辱的《くつじょくてき》』なんて言葉では言い尽くせないほど、身も心もズタズタにしやがって、とまたも怒りが込み上げてきたのを必死で押さえ込み、愛想《あいそ》笑いを浮かべたところにシャッターが押された。

「次はYOSHINOと僕のツーショット、お願いするよ」

で俺たちから離れていく。

芒野がスタッフに命じた声を聞き、まずビール会社の専務が、続いて松本社長が慌てた様子
「一足す一は？」

「…………………に…………」

古いっつーの。そう言いたい気持ちを堪え、またも愛想笑いを浮かべたのは、松本社長が恐ろしい顔で俺を睨《にら》んでいたためだった。

「もう一枚。はい、ポーズ」

「……ベストテンですか……」

懐《なつ》かしの歌番組のラスト、司会者の決まり文句じゃないか、と思わず突っ込む。

「ミラーゲートから出てくるYOSHINOを観たかったなあ」

うっとりしたようにそう言い、芒野が俺の顔を覗《のぞ》き込んできた。

「あり得ませんよ。そんな、売れていませんでしたし」

「わからないよ。あのまま活動を続けていればもしかしたら」

「やはりそんなメジャーなバンドだったんですねえ。いやあ、不勉強で申し訳ない」

横で聞いていた朝日専務が、再び恐縮し頭を下げる。

「とんでもない！　マイナーです！　マイナー中のマイナーでしたっ」

こっちのほうが恐縮し、専務に頭を下げ返した。

「いや、ベストテンに出るようなバンドを知らないのはやはり恥《はじ》ですよ」

「出ていませんし、出演依頼もありませんでしたから」

「『もうすぐベストテン』くらいなら充分出られたと思うよ」

「出られませんって」

またも横から芒野が適当なことを言い出したのに、いい加減にしろよ、と彼を睨むと、

「ああ、そうだ」

俺の視線をきっちり捉《とら》え、芒野はにっこり笑ったかと思うと、唐突《とうとつ》に話題を変えた。

「ところでYOSHINO、腰を痛めたそうだね。いい医師がいるんだ。是非僕に紹介させてくれ。彼もまた、君の熱烈なファンなんだよ」

「え……」

なんじゃそりゃ。嫌な予感しかしないぞ、と身構えた俺の背後で、松本社長と朝日専務がそれぞれ声高《こわだか》に叫《さけ》ぶ声が室内に響き渡った。

「桜田、礼を言いなさいっ！　芒野さんに気遣ってもらえるなんて、全国のファンが聞いたらどれだけ羨《うらや》ましがることかっ」

「やはりファンが多くていらしたんですね。不勉強で申し訳ないっ」

「あの、その、ええと……」

もしやこれがいわゆる『外堀《そとぼり》から埋《う》められる』というパターンか。気づいたときにはもう俺

は抜け出せないところまで追い込まれてしまっていた。

「お礼を言えというのに」

真剣に怒り始めた社長の手前、取りあえず、と俺は芒野に頭を下げることにした。

「申し訳ありません。お気遣いいただきまして。本当にありがとうございます。でも大丈夫ですので……」

謝罪《しゃざい》と礼を言ったあと、やんわりと断ろうとした俺の言葉は、芒野の、

「気にしないでくれていいよ」

という明るい声音に遮《さえぎ》られた。

「『ゴールドフィンガー』という呼び名を持つ、実に腕のいい医師だ。整形外科だがマッサージが得意で、昇天《しょうてん》する患者《かんじゃ》続出という話だ」

「『ゴールドフィンガー』！　凄《すご》いですな」

専務が感心した声を上げ、松本社長がぼそりと、

「ダブルオーセブン……」

と呟《つぶや》いている。

「このあと、予定はあるかな？　もしなければすぐにでも六本木にある彼のクリニックに予約を入れるけれど」

「ええと、その……」

俺は断るつもりだった。が、そんな俺の意思を無視し、とんとん拍子《ひょうし》に話が進んでいく。

「予定などありませんよ。ほら、桜田君、礼を言いなさい」

社長が俺の代わりに返事をしてしまったからだ。

「いや、その、予定はあるといえばありますし……」

再び断ろうとしたが、最早《もはや》後の祭りだった。

「よかった。すぐに予約を入れるよ。木村《きむら》君、桐谷《きりたに》クリニックに電話してくれるかい？」

「はいっ、かしこまりましたっ」

カメラを構えていたスタッフが叫ぶようにして返事をし、その場から駆け出していく。

「それじゃあ社長、このあと桜田さんをお借りしますね」

にっこり、と芭野が微笑《ほほえ》み、一層《いっそう》強い力で俺の肩を抱き寄せた。

「それはもう、喜んで！」

「今度あなたの所属されていたグループのＣＤを聴かせていただきますね」

元気に答える松本社長の声と、熱っぽく訴《うった》えかけてくる朝日専務の声を聞きながら俺は、なんともいえない嫌な予感が沸《わ》き起こってくることに一人危機感《ききかん》を募らせていた。

6

『桐谷クリニック』の予約が取れたと、木村という名のスタッフが知らせにきたところで、松本社長とビール会社の朝日専務、それに芒野の会談は終わりを迎《むか》えることとなった。

「それじゃあ YOSHINO、行こう」

うきうきした様子で、芒野が俺の肩を抱いたまま歩き始める。

「いってらっしゃいませ」

「桜田、失礼のないようになっ」

朝日専務と松本社長、二人の声に送られ、俺はまったく合意していなかったにもかかわらず、芒野の知り合いであるという整形外科医のもとを――『ゴールドフィンガー』という異名を持つという彼のもとを訪れることになってしまったのだった。

六本木までの運転は、スタッフの木村が受け持った。昨日同様、一体全長何メートルあるのかと思しきリムジンの後部シートに芒野と並んで座りながら俺は、まったく、どうしてこんなことになってしまったんだか、と密《ひそ》かに溜め息を漏らした。

「ねえ、YOSHINO……」

憂鬱な俺の心中など知ったこっちゃないとばかりに、芒野は俺の肩を抱き、もう片方の手で俺の手を握《にぎ》り締めながら、耳許に囁いてくる。

「夢じゃない……夢じゃないよね。僕の腕の中にはYOSHINOがいるんだよね」

「夢ならいいんですけどね……」

思わずぼそりと呟いた俺の声はしっかり車中に響いたと思うのに、芒野は綺麗《きれい》にそれを無視した。

「夢であってもいい……でも一生醒《さ》めないでほしい。君と二人、夢の世界に閉じ込められるなんて、それこそ夢のような出来事だな……」

「…………………」

俺の希望としては、夢ならすぐにでも醒めてほしい。それに尽きる。心の中で呟いたそのとき、車は六本木ミッドタウンに到着した。

「…………」

こんなところにクリニックがあるのか。『ゴールドフィンガー』なんて聞いたことはなかったが、ここの家賃を払えているということは、かなり有名ということなのかもしれない。

そう思いながら俺は芒野に言われるがまま車を降り、彼と共にエレベーターホールへと向かった。

特に変装などしていないので、周囲の人間に芒野が彼と知られるのはあっという間だった。

『芒野リョウじゃない？』

『わー、かっこいい！』

『プライベートなのかな』

『声、かけたいけど悪いかしら』

ここそこと囁き合う声が隣に立つ俺の耳にも届いているということは、当然芒野にも聞こえているだろうに、彼はまるっきりそうした声を無視し、俺に笑いかけてきた。

「整体に通ったりはしているの？」

「いや、特には」

答えた途端、エレベーター内にいる全員の視線が俺に集まるのがわかった。

「それはちょっと残念だな。他の整体と『ゴールドフィンガー』を比べてほしかった」

『「ゴールドフィンガー」って、もしかして桐谷先生のところかしら？』

『よく聞いて。整体に行くのは、一緒にいるあの冴えないおじさんのほうみたいよ』

『あのおじさん、誰なのかしら。芸能人じゃないわよね』

『サラリーマンっぽい。芒野さんとはどういう関係なのかしら。スポンサー？』

『にしてはスーツが安物くさいような……』

『お友達？』

『にしてはしょぼいような』

放っておいてくれ。心の中で毒づいたあたりでエレベーターは指定階に到着した。ようやくこれで好奇の目から逃れられる。やれやれ、と内心溜め息をつきつつ、エレベーターを芒野と共に降り、彼のあとについて廊下を進んだ。

「ここだよ」

フロアの突き当たりに『桐谷クリニック』の看板があり、芒野に言われずとも目的地に到着したことはわかった。

「でかっ」

ミッドタウンというロケーションにも驚《おどろ》いていたというのに、その凄いロケーション内でのこの規模、と俺は本気で感心してしまっていた。

「入ろう」

あんぐりと口を開けて立ち尽くした俺の肩を抱き、芒野が自動ドアを入る。

「YOSHINO！」

入ったところは広々とした待合室だったのだが、客は一人もいなかった。唯一《ゆいいつ》いたのが白衣を身に纏《まと》った長身の男で、俺たちが入った途端、両手を広げ駆け寄ってきた。

「先生、落ち着いて」

芒野が苦笑する中、白衣の男がいきなり俺を抱き締める。

「げっ」

何が起こっているのか今一つわからず、その場で固まっていた俺に頬《ほお》ずりしながら、男が俺の身体を抱く手に力を込めた。

「夢のようだ。YOSHINO。君に再びこうして会うことができるなんて……っ」

「あ、あのーっ」

冗談を言っている様子はないから、からかわれているわけではないのだろう。だが、二十年前の現役時代にだって、芒野や紅葉や月下、それにこの白衣の男のような熱狂的《ねっきょうてき》なファンにはお目にかかったことはなかったぞ、と、ただただ唖然としていた俺にかわり、横から芒野が男に声をかけてくれた。

「先生、自己紹介したらどう?」

「ああ、失礼」

それでようやく俺の背から腕を解いた男が、紅潮《こうちょう》した頬もそのままに、俺に向かって頭を下げる。

「桐谷一真《きりたにかずま》です。二十年来、YOSHINOのファンをしています」

「そ、それはどうも……」

銀縁眼鏡《ぎんぶちめがね》の奥、煌《きら》めく瞳《ひとみ》が眩《まぶ》しい。身長は一八五センチはありそうだった。白衣の似合う、すらりとした長身に理知的なマスク。まさに輝けるほどのイケメンである。

六本木というところに、この若さで自分のクリニックを持つ。それだけでも『凄い』とわかるが、それも『ゴールドフィンガー』といわれるほどの凄腕《すごうで》のためか。

芒野といい、紅葉といい、それに月下といい、本当に凄い人間ばかりだなと感心していた俺は不意に桐谷に手を取られ、はっと我に返った。

「さあ、診察室《しんさつしつ》にどうぞ。あなたのために今日はクリニックは貸し切りにしました」

「ええっ」

まさか、と周囲を見回すと同時に、広々とした待合室が無人である理由はそれか、と思い当たる。

「どうやって予約客を断ったの？　一日に七、八十人は来るんだろうに」

「平身低頭《へいしんていとう》、頭を下げてね。でもYOSHINOに会えるのだもの。そのくらいのこと、なんでもないよ」

「…………」

にこにこと、それは嬉しそうに微笑む桐谷にもどん引きしたが、

「そうだよね」

と、さも当たり前のように頷《うなず》く芒野に更《さら》に引いてしまう。

自分にそんな価値はない。よく見ろ、ただのおっさんだぞ？

二人とも目を覚ましてほしい。切にそう祈《いの》っていた俺を桐谷は背に腕を回したまま『診察室』と書かれた部屋へと連れていった。当然のように芒野も室内に入ってくる。

「腰が痛いということでしたね。先生が施術《せじゅつ》しますのでこれに着替えて横になってください」

室内には美人の看護師が待機しており、俺に人間ドックのときに着用するようなブルーの病院着を手渡した。

「住吉《すみよし》君、ご苦労。ここはもういいから。当分の間、診察室には誰も近づけないようにね」

美人看護師に桐谷が微笑みながらそう指示を出す。

「かしこまりました」

看護師の頬が染まり、目がハートになったのがわかった。そりゃなるわなあ、と桐谷の白皙《はくせき》の美貌《びぼう》を見やる。

線の細い二枚目。年齢はいくつだろう。芒野とタメ口を利《き》いているところをみると同い年くらいなのか。彼もまたイケてるオヤジの一人だなと、いつしか彼の笑顔に見惚《みと》れていた俺は、その彼から視線を向けられ、はっと我に返った。

「どうぞ、着替えてください」

「ええと、その、ここで？」

仕切りも何もない。目の前にはにこにこ笑っている芒野もいる。問い返してから、同性同士で恥じらっていると思われるほうが恥ずかしいか、と気づいた。が、昨夜芒野にされたことを思うと彼の前で着替えるのは躊躇《ためら》われる。

「はい」

だが桐谷に笑顔で頷かれては、仕切りをしてくださいと言うのも憚《はばか》られ、仕方がない、と俺は芒野に背を向けるとスーツを脱《ぬ》ぎ始めた。

途中でバックを見せることのほうが危険かと気づき、前を向く。

「おいっ」

思わず声を上げたのは、芒野が携帯のレンズをずっと向けていたことがわかったためだった。

「YOSHINOの生着替え……大丈夫、個人で楽しむ用だから」

写真ではなく録画をしていたらしい彼に、

「頼むからやめてください」

と告げたが、それでも芒野がレンズを下ろすことはなかった。肖像権《しょうぞうけん》の侵害《しんがい》じゃないか、と主張したいが、彼と自分との立場を思うとそれもできない。

もしここで芒野を怒らせれば、ＣＭ契約の話がなくなってしまう恐れがあった。そんなことになろうものなら俺は会社をクビになるだろう。

それは困る。となるともう我慢《がまん》するしかない。早々に腹を括《くく》ったのは、『生着替え』ではあるけれど、下着は脱がないとわかっていたためだった。

ワイシャツを着たままスラックスを脱いで病院着のズボンを履《は》き、ワイシャツを脱いだあとには下着代わりのTシャツの上から上着を羽織《はお》り、その状態で桐谷を振り返った。

「それでは、その台にうつ伏せになってください」

治療台《ちりょうだい》を示され、言われたとおりうつ伏せで寝転がる。

「痛みが強いようなら仰《おっしゃ》ってくださいね」

そう言ったかと思うと桐谷が俺の腰を押してきた。

「……っ」

痛い――ような気がしたが、すぐその感覚は『気持ちいい』としかいえないものに変わっていった。

すごい。さすがは『ゴールドフィンガー』だ。ツボというツボを外すことなく突いてくる指の動きは速く、そして巧《たく》みで、あまりの気持ちよさに睡魔《すいま》まで押し寄せてきた。

こりゃ流行《はや》るわ。心の底から納得しつつマッサージを受けていた俺の耳に、ほう、という芒野の声が響く。

「YOSHINO の恍惚《こうこつ》とした表情……これだけでヌケるな」

「……あのねえ……」

まさか、と目を開くと、芒野は相変わらず俺にカメラのレンズを向けていた。さすがに抗議しようと口を開いたそのとき、ぽん、と腰を叩かれ、はっとして桐谷を振り返った。

「起きてみてください。どうですか？　腰、軽くなりました？」

「あ、はい」

言われたとおり起き上がり、立ち上がってみる。

「……すごい……」

　それまでの怠《だる》さはどこへやら、いつもどおり――否、いつも以上に腰回りは快適《かいてき》で、思わず捻《ひね》ってみてしまった。

「怠くないですか？」

　そんな俺を笑顔で見つめながら、桐谷が問いかけてくる。

「はい、快適です」

　声が弾《はず》んでしまったのはそれこそ『快適』ゆえだったのだが、俺の答えを聞き桐谷は満足そうに頷くと、再び診察台を掌《てのひら》で示した。

「それはよかった。それではもう一度寝てもらえますか？　今度は仰向《あおむ》けで」

「はい……？」

　もう具合の悪いところはないのだけれど。そう思いながらも言われたとおり、仰向けに横たわる。

「芒野さん」

　と、なぜかここで桐谷は、相変わらず携帯のカメラを構えたままでいた芒野に声をかけた。

「協力してもらえますか？」

「ああ、そうか。最初は録画を諦めるしかないね」

「？」

二人の間では話が通じているようだったが、さっぱりわからない。首を傾《かし》げていると芒野が、俺の寝る診察台に歩み寄り頭の上のほうに立った。

「失礼しますよ」

桐谷が声をかけたと同時に診察台へと上がり込み、俺の腹の辺りに座る。

「……あの……?」

何をする気か、と身体を起こそうとすると、芒野の手が伸びてきて肩を押さえ込んだ。

「手を上げさせたほうがいいかも」

「そうか」

桐谷が指示し、俺の両手首を掴む。

「ちょ、ちょっと……?」

なんだか様子がおかしい。気づいたがもう後の祭りだった。桐谷から手首を託《たく》された芒野が俺の頭の上で両手を押さえ込むと同時に、桐谷の手が病院着の前を開かせ、Tシャツをたくし上げる。

「もっと感じるようにしてあげましょう」

にっこり、と眼鏡の奥の瞳を細め、微笑んだ桐谷の手は、迷うことなく真っ直ぐ俺の乳首に向かっていった。

「やめてくださ……っ」

『い』まで言えなかったのは、繊細《せんさい》な彼の指が乳首をきゅう、と抓《つね》り上げてきたからだ。痛みは覚えなかった。彼に両方の乳首を摘《つ》ままれた瞬間、背筋《せすじ》を電流のような刺激が走り、それで息を呑《の》んでしまったのだった。

「開発するまでもなく、敏感な体質かもしれない」

にっこりとまた微笑みながら、桐谷が俺の乳首を抓り上げる。

「……っ」

堪《たま》らず声を漏らしそうになり、慌てて唇を嚙《か》んだ俺の視界に、芒野の嬉しげな顔がいきなり現れた。

「いい顔だ。気持ちがいいんでしょう？」

上から顔を見下ろされ、罵声《ばせい》を浴びせかけそうになって慌てて堪える。怒らせてはマズい。仕事のために我慢だ。そう自分に言い聞かせてはいたものの、やがて我慢せずとも怒声を上げる余裕は失われていった。

「……あ……あの……っ」

さすが『ゴールドフィンガー』とでも言おうか。桐谷の愛撫《あいぶ》にはマッサージ同様、無駄《むだ》な動きは一つもなかった。

摘まんだ乳首を引っ張り上げたあとに強く抓られる。直後に乳首を離し、何本もの指でさわさわと触られたあと、強く爪《つめ》を立てられる。

そしてまたきつく摘まれ、捻《ねじ》り上げられて――という一連の動作をリズミカルに進められるうち、次第に息が上がり、鼓動《こどう》が高鳴ってしまうのを抑《おさ》えきれなくなった。

「や……っ……やめ……っ」

やめてください。言いたいのに声を発すると喘《あえ》いでしまいそうで、唇を噛んでそれを堪える。

「勃《た》ってきたね」

腹の上に腰を下ろしていたため、俺が勃起してきたことを察したらしい桐谷に微笑まれ、羞《しゅう》恥《ち》のあまりカッと頭に血が上った。

「なにを……っ」

「それなら今度はこちらを」

怒声を上げかけた俺を無視し、桐谷がすっと身体を俺の脚の上に移動させると、病院着のズボンをトランクスごと摑み、一気に引き下ろす。

「よせっ」

煌々《こうこう》と明かりの灯《とも》る中、勃ちかけた雄を晒《さら》され、思わずまた大声を上げる。が、桐谷の『ゴールドフィンガー』が雄に絡《から》んできた瞬間、あまりの快感《かいかん》に頭の中が真っ白になった。

「あっ」

片手で竿《さお》を扱《しご》き上げ、先端《せんたん》のくびれた部分を指先で擦《こす》られる。もう片方の手で陰嚢《いんのう》を揉《も》みしだかれる手淫《しゅいん》に、俺の雄はあっという間に完勃ちになり、先走りの液を零《こぼ》し始めた。

「もう、我慢できないや」

芒野の声がしたと同時に彼が頭の上から覆《おお》い被《かぶ》さり、弄《いじ》られすぎて紅《あか》く染まっていた乳首を口に含《ふく》む。

「やめ……っ」

下肢《かし》に、そして胸に与えられる刺激にすぐにも達してしまいそうになり、腰を引いて射精《しゃせい》を堪《こら》えた。

「気持ち、いい？」

身体を起こし芒野がうっとりした口調で問いかけてくる。

「何を……っ」

馬鹿なことを、と言いたいが、勢いよく雄を扱かれ、ひっと悲鳴を上げそうになった。

「先生、『ゴールドフィンガー』の本気、そろそろ発揮《はっき》してあげたら？」

芒野の言葉に桐谷が「そうだね」と頷く。

「……え……っ」

今までも充分発揮されていたのではないのか。喘ぐのを堪えつつそう考えていた俺の雄を離すと桐谷は腰を上げ、俺の両脚を抱え上げた。

「な……っ」

そのまま腰を上げさせられたかと思うと、彼の指が後ろへと挿入《そうにゅう》されてくる。

「……っ」

ずぶ、と指先が奥まで入ってきたが、痛みは少しも覚えなかった。

「天国、見せてもらうといいよ」

芒野がそう言い、再び俺の胸に顔を埋《うず》めてくる。

「天国……?」

彼の言葉を繰り返したそのとき、俺の中で桐谷の指がいきなり蠢《うごめ》き始めた。

「あぁ……っ」

背が仰《の》け反《ぞ》り、口から高い喘ぎが漏れる。あっという間に探り当てられた前立腺《ぜんりつせん》を無駄のない動きで正確に、そして絶え間なく刺激する桐谷の指はまさに『ゴールドフィンガー』だった。

「やっ……あっ……あぁ……っ」

気づいたときには堪えることのできない高い喘ぎが口から漏れてしまっていた。指はすぐさま二本、そして三本と増え、俺の中を自在に動きまくっている。

昨夜、苦痛に見舞われたその場所は今や快楽の坩堝《るつぼ》となっていた。桐谷の指が触れるところはどこもかしこも快感を覚え、あまりの気持ちよさに勃起しきっていた雄の先端から、次々と先走りの液が零《こぼ》れ落ちては俺の腹を濡《ぬ》らしていく。

「すごいよ。すごいよ」

もう、芒野は俺の両手を押さ込んではいなかった。パシャパシャとフラッシュが目の前で焚《た》

かれることで、彼が携帯のカメラで喘ぎまくる俺を撮影していることがわかったが、レンズから顔を背《そむ》けることも、罵声《ばせい》を浴びせることも、できないような状態に俺は陥《おちい》ってしまっていた。

「もう……っ……あぁ……っ……もう……っ……もう……っ」

内壁が収縮し、桐谷の指を締め上げる。自分の後ろが独自の意思を持ち蠢いているとしか思えない身体の反応は、俺を戸惑《とまど》わせると同時に、得たこともない快楽をも覚えさせていた。

「あぁ……っ……は……っ……はっ……はっ……はぁ……っ」

達しそうになると微妙《びみょう》に指の動きが弱まり、素《す》に戻りそうになるとまた活発になる。生殺《なまごろ》しのような状態が延々と続くことに耐《た》えられなくなってきたことは、言葉ではなく身体の反応として現れた。

「挿《い》れてほしいんだね」

桐谷に確認されるまでもなく、自ら腰を突き出していた俺の希望は、ざわつく後ろを鎮《しず》めてほしい、それのみだった。

「わかった」

頷き、俺の後ろから桐谷が一気に指を抜く。

「あぁっ」

もどかしさのあまり、悲鳴のような声を上げてしまった俺は、両脚を抱え上げられ、はっとしその手の主を——桐谷を見やった。

「指以上に満足させるよ」

ニッと笑いながらそう告げたかと思うと彼が、ひくつく入り口へと勃起した雄の先端を擦りつけてくる。

「あ……っ」

後ろのざわつきが増し、無意識のうちに更に腰が突き出る。あられもない振る舞いを自分がしている自覚が、そのときの俺にはなかった。

「わかった」

桐谷が苦笑しながらずぶ、と先端をめり込ませてきた刺激に、頭の中が真っ白になっていく。

「あぁっ」

一気に奥まで貫かれ、ざわついていた後ろを満たしてくれた彼の太い雄の感触に、この上ない満足を覚えた俺の口から、我ながら満ち足りた吐息が漏れた。

「動くよ」

宣言したと同時に激しい突き上げが始まる。

「あっ……あぁ……っ……あっ……あっ……あーっ」

先ほどの言葉どおり、指以上に『満足』させてくれる力強い突き上げに、俺はあっという間に快楽の頂点へと追いやられ、羞恥も忘れて喘ぎまくった。

「一度、出そう」

上擦《うわず》った声で桐谷がそう言い、腰の律動はそのままに俺の片脚を離し、雄を握り締める。

「アーッ」

一気に扱き上げられたことで達し、白濁《はくだく》した液を吐《は》き出した俺は、直後に達したらしい桐谷の精液の重さを後ろに感じ、ああ、と堪らず声を漏らしてしまった。

「先生、次は僕だよ」

はあはあと息を乱す俺の耳に、芒野の切羽詰《せっぱつ》まった声が響く。

「わかった。それなら私はYOSHINOの乳首の開発を続けよう」

「それはいいな。YOSHINOもより気持ちいいほうがいいだろうし」

俺を置き去りにし、二人の間でのみ会話が交わされていく。それにクレームをつけることは、だが、俺にはできなかった。

交代、とばかりに芒野が診察台に上り、俺の両脚を抱え上げる。診察台から降りた桐谷が両手で俺の乳首を摘まみ『ゴールドフィンガー』できゅう、と摘まみ上げてくる。

「あ……っ」

達したばかりで敏感《びんかん》になっている身体には過ぎるほどの刺激に、俺の口から高い声が漏れる。と同時に、ずぶ、と猛《たけ》る雄を後ろにねじ込まれ、今度は大きく背が仰け反った。

「YOSHINO……ああ、YOSHINO……」

「YOSHINO……愛してる、YOSHINO……」

譫言《うわごと》のように芒野が、そして桐谷が俺の名を口にしながら、それぞれの行為に集中し始める。

「あっ……あぁっ……あっ……あっ……あーっ」

力強い突き上げに、巧みすぎるほど巧みな乳首への愛撫に、あっという間に快感の絶頂へと導かれた俺の口からは、快楽を物語る高い喘ぎが放たれ続けた。

結局そのあと、俺は桐谷と芒野、それぞれに二度ずつ抱かれ、最後には意識を飛ばしてしまうことになったのだが、行為のあとに施術された桐谷のマッサージのおかげで前日のように腰の痛みによろけることはなく、無事に社に戻ることができたのだった。

7

「……ただいま、戻りました……」

六本木のクリニックから俺が社に戻ることができたのは夕方五時過ぎだった。

「部長、遅いー」

既《すで》に帰り支度を始めていた——早いっつーの——梨香子が不機嫌《ふきげん》な顔を向けてくる。

「お疲れのようですね」

「大丈夫ですか?」

すっかり消耗《しょうもう》しているのが顔に出ているのか、梨香子以外の部下は俺を気遣ってくれた。

「ああ、大丈夫だ。長く留守にして悪かったね」

詫びながら席につき、パソコンを立ち上げる。

「あ、社長から伝言があります。今晩、時間を空《あ》けてほしいとのことですが……大丈夫ですか?」

部下がおずおずとそう問いかけてきたのは、俺の体調が余程悪く見えるためだろう。

「用件はメールすると仰《おっしゃ》ってましたが……」

「ありがとう」

礼を言い、社長からのメールを開く。文面を読んだ瞬間、俺は思わず、

「げ」

と声を漏らしてしまった。

「部長？」

どうしました、と部下たちの注目が俺に集まる。

「いや、なんでもない……」

笑顔が引《ひ》き攣《つ》るのも致し方ないと言えた。というのも社長からのメールが次のようなものだったからだ。

『芒野さんより、契約祝いに今日、再びファンの集《つど》いをやりたいという申し出があった。「昨日のバーで本日二十時、お待ちしている」とのことだ。どうも私には同席してほしくない様子だったので今回は遠慮《えんりょ》することにする。私もYOSHINOのファンなだけに残念だ』

「…………………」

社長、頼むから来てください。思わず返信しそうになり、理由を聞かれたらなんと答えればいいのかと気づき手が止まる。

ファンの集い――昨夜の悪夢のような出来事が走馬燈《そうまとう》のように蘇ってきた。実際の『悪夢』はバーを出たあとに月下に迫《せま》られたことに始まり、彼のマンションを逃げ出したところを待ち伏せていた芒野と紅葉にリムジンの中でやられまくったことではあるものの、最初からあのバ

ーに行かなければ、あのような目に遭うこともなかったのである。

こうなったらもう後先考えず『先約がある』と言って断ろう。心を決め、社長のメールに返信しようとしたが、さすがにメールでというのは失礼すぎるか、と、席を立った。

「社長のところに行ってくる」

「社長、客先往訪で、今日は帰社しないそうですよ」

部下に声をかけると、一人にそう返され、なんだ、と再び席についた。

それなら、と社長のスマートフォンに、今日は行けないとメールをすると、送ったや否やすぐ、社長から電話がかかってきた。

『困るよ、YOSHINO……じゃない、桜田君。先約ってなんだ？　どれだけ大事な用だというんだい？』

「あ、あの……」

まったく考えていなかった。『どれだけ大事な用』なら社長が納得してくれるか。必死で頭を巡《めぐ》らせ、そうだ、親の病気だ、と思いつく。

「あの、実は実家の父が……その、ちょっと倒れまして……」

『……君のお父さんの葬儀《そうぎ》に、私は五年前に出ているが？』

「……」

あ、そうだった。それなら、と今度は母を使おうとすると先回りされてしまった。

『お母さんは二年前に亡くなってるよね』

「ええと兄が……」

『君は一人っ子だよね』

「…………」

社員の家族状況をしっかり把握《はあく》しているとは、本当にいい社長である。が、この場合はそれが凶《きょう》と出た。

『どうした、桜田君。何か行きたくない理由でもあるのか？』

「ええと……その…………」

理由はある。が、とても人には言えない。口ごもった俺を社長は怒ることなく説得にかかった。

『二十年前の消したい過去を、今更蒸《いまさらむ》し返されたくないという君の気持ちはわからないでもないよ。だが、今回のＣＭ契約には我が社の社運がかかっているといっていい。会社のために、頼むよ。どうか目を瞑《つむ》ってもらえないか？　せめて今夜一晩。頼む！』

「……はあ………」

社運がかかっている、というのは契約書の金額を見た時点で俺にもわかっていた。この社のＣＭは年間少なくとも六本、作成されている。今後も当社に任されることになればそれこそ、主要なビジネスの柱《はしら》となるだろう。

社長には世話になっているというだけではなく、我が社にとっても大切な契約を潰《つぶ》すわけにはいかない。

とはいえ一人で行くのはさすがに怖い。そこで俺は社長にも来てもらうというのはどうだ、と思いついた。

「それでは是非、社長もご一緒に……」

『私も行きたいのだが、歓迎《かんげい》されていないところに行くのはちょっとね……』

「歓迎されてないなんてこと、ないですよ。きっと」

知らんけど。と心の中で呟《つぶや》きつつフォローに回ったが、芒野の徹底《てってい》ぶりはハンパなかった。

『社長はできれば遠慮してほしいとストレートに言われたんだよ。因《ちな》みに娘も連れてくるなと釘《くぎ》を刺《さ》された』

「り、理由は?」

『聞かないほうがいいと言われたよ』

「…………そうですか…………」

ということはやはり、芒野はそうした行為に走ろうとしているわけか。昨夜も、そしてついさっきも、俺の身体を好き勝手にしてくれたというのに、まさか今夜もか、と俺は思わず頭を抱えてしまった。

『逆に聞きたいんだが、一体どうして君を一人で来させようとしているのか。どうして私は行っちゃダメなのか。私だってYOSHINOのファンなのに……っ！』

社長が憤懣《ふんまん》やるかたなしといった声を出し、俺に訴えかけてくる。

「そ、それは私も知りたいです……」

知っているけれど。さすがにそうは言えず、言葉を濁《にご》した俺に、社長がしつこく言い縋る。

『今夜店に行ったら是非、芒野さんに理由を聞いてもらいたい。そして次こそ是非、私も参加させてほしいと伝えてもらいたい！』

「わ、わかりました。わかりましたから……」

いつまでも電話を切ろうとしない社長をなんとか宥《なだ》め、通話を終える。

「あの……部長、どうされたんですか？」

「このところなんだか、その……」

変ですよ、と部下たちが、ようやく電話を終えて脱力していた俺に次々と問いかけてくる。

「……なんでもないよ。会社的にはオールオッケーだ」

本当にそのとおりなのだが、自分的には少しもオッケーではない。

今夜こそ、自分の身を守らねばと心の中で拳《こぶし》を握り締めた俺は、相手方がどれほどの暴挙《ぼうきょ》に出るかなど、少しも予測できていなかった。

十九時五十五分。サラリーマンの悲しさとでもいおうか。乗り気でもないのに五分前にバー『The Glass Menagerie《ザ グラス メナージュリー》』前に到着した俺は、この先は絶対に隙《すき》を見せるものか、と自身に言い聞かせながら、扉《とびら》を開いた。

「あれ？」

扉を開いた店内は真っ暗で、入るのを躊躇《ちゅうちょ》してしまう。

開店時間がもしや二十時ちょうどで、五分前には開いていないのか、と再びドアを閉めようとしたその手をいきなり摑まれ、中に引きずり込まれた。

「ちょっ」

その瞬間、店の明かりが灯される。

「いらっしゃいませ」

カウンターの内側から、笑顔で声をかけてきたのはロマンスグレーのマスターだった。

「YOSHINO、こっちだよ」

俺の手を摑んでいたのは芒野で、にこにこ笑いながら強引に、どうやら店の奥へと通じる扉へと向かおうとする。

「ちょっと……っ」

待った、と足を踏《ふ》ん張《ば》ろうとすると、背後から腰を両手で摑まれた。

「えっ」

ぎょっとし振り返ると、短髪がよく似合う紅葉が俺の腰を掴み、強引に足を進めさせようとしている。

「もう待ちきれない。早く」

ぼそりと呟《つぶや》かれたが、『待ちきれない』というフレーズに嫌な予感を覚えるだけに、尚も必死で踏みとどまろうとする。と今度は芒野が取っていないほうの腕を掴む手が現れ、誰だ、とその手の主を見やった。

「昨夜は申し訳なかった。最後までできなくて……」

真摯《しんし》な口調で詫びてきたのは、小説家の月下だった。詫びた内容に問題があるじゃないか、と抗議しようとしたが、それより前に三人がかりで俺は店の奥へと連れ込まれてしまった。

「ようこそ、YOSHINO」

バックヤードと思しきそこは綺麗に片付いており、低く広い台が一つ置かれている。その台の傍《かたわ》らに立ち俺たちを迎えたのは、眼鏡のイケメン、桐谷だった。

「店、閉めてきました」

俺たちのあとからロマンスグレーのマスターがバックヤードに現れる。

「……あ、あの……」

五人の目が俺へと注がれているのがわかる。

「プロデューサーの鶴巻《つるまき》ちゃんの参加は遅くなるって」

残念そうにしていたよ、と話しかけてきた芒野に、勇気を振り絞《しぼ》り尋ねてみた。

「これからファンの集いがある……んですよね？」

「そう。月下が怒っちゃってね。自分だけ、YOSHINOを抱いていないって」

「当然だろう。抜《ぬ》け駆《が》けしようとしたんだから」

芒野の答えに、紅葉のむっとした声が重なる。

「そのあと二人でやっちゃったんだろう？　卑怯《ひきょう》なのはお互い様だよ」

月下が紅葉に噛みつき、場の雰囲気は一瞬険悪《けんあく》になった。

「まあまあ。だからこうして機会を作ったんじゃない」

芒野が二人を取りなそうとする。

「リョウ、お前、桐谷先生と一緒に今日の昼間、YOSHINOを抱いたんだって？」

「回数、一番多いじゃないか」

すると月下と紅葉の攻撃《こうげき》は、今度は芒野に向かってしまった。

「だから今はラストに甘んじるよ。君たちがYOSHINOを抱いている間、そうだな、左乳首を担当する。それで許《ゆる》してもらえない？」

「な……っ」

俺はここにいるのに、話題は俺不在で進んでいく。

「ちょっと待ってください。抱くだの抱かれるだの、そういうつもりで来た訳ではありませんので……っ」

だがいくら主張しようとも、俺の言葉には誰も耳を傾《かたむ》けてくれなかった。

「それなら許す」

「そうしたら俺は右乳首担当になろう」

「じゃあ、挿入前に私の『ゴールドフィンガー』で後ろを解《ほぐ》すとするか」

月下、紅葉、そして桐谷が次々発言し、俺を舐《な》めるような目で見つめてくる。

「………や、やめましょうね？」

冗談じゃない。逃げだそうとしたが、一瞬遅かった。

「うわっ」

多勢《たぜい》に無勢《ぶぜい》。あっという間に広い台の上に担《かつ》ぎ上げられ、両手両脚を押さえ込まれる。

「脱がすのは月下にやらせてあげるよ」

「ありがとう」

芒野の言葉に月下が嬉しげに頷き、俺のシャツのボタンを外し始めた。

「やめてくださいって！」

あっという間にシャツを脱がされ、下着代わりのTシャツをも脱がされる。下半身もすぐさま裸《はだか》にされ、靴《くつ》ばかりか靴下まで脱がされた。

「写真！　写真！」

芭野が興奮した声を上げ、全裸の俺を携帯のカメラで撮影し始める。

「やめてくださいって!!」

「大丈夫。自分たちで楽しむ用だから」

またも芭野はわけのわからない『大丈夫』を告げるのみで、シャッターを切る手を止めようとしない。

「じゃあいくよ」

桐谷がボキボキッと指を鳴らすと、暴れる俺へと近づいてきた。

「両脚、抱えてもらえる？」

「わかった」

「僕が左を持とう」

月下と紅葉がそれぞれ右脚左脚を抱え上げ、恥部《ちぶ》が露《あら》わになる。

「よせっ」

もう敬語を使う気にはなれなかった。無様《ぶざま》に両脚を広げ、腰を上げさせられるという、こんな恥ずかしい格好をとらされては、相手を気遣うことなどできるわけがない。

「ありがとう」

お疲れ、と桐谷が二人に声をかけたかと思うと、台に膝で乗り上げ、手を伸ばして俺の尻《しり》を摑む。

「やめろーっ」

悲鳴を上げたが、押し広げられたそこに、ずぶ、と桐谷の指が挿入されるともう、声を発することができなくなった。

「う……っ」

違和感に息を呑んだ次の瞬間には、昼間体験したばかりの『ゴールドフィンガー』が俺の中を弄り始めた。

「や……っ……やめ……っ」

拒絶《きょぜつ》しつつも、すぐさま身体が火照《ほて》ってしまうのを堪えることができない。

「それじゃ約束どおり」

「俺は右だったか」

紅葉が俺の脚を離し、右の乳首にしゃぶりつく。

「じゃ、僕は左ね」

言いながら芒野が左の乳首を舐《ねぶ》り始めた。

「……あっ……」

両胸に与えられる刺激に、後ろをかき回す桐谷の指の動きに、勢いよく全身に血が巡り、鼓動が早鐘《はやがね》のように打ち始める。

前立腺を間断なく刺激され、同時に乳首も舐られたり噛まれたりするうち、俺の雄はあっという間に勃ち上がり、先走りの液を零し始めた。

「もう三本、入ってるよ。わかる?」

ほら、と笑いながら桐谷が俺に見せるように指を一瞬そこから抜き、再び、ずぶ、と三本のその指を後ろに挿入させる。

「やぁ……っ」

それぞれの指が中で蠢き、俺の欲情をこれでもかというほど煽《あお》り立てる。

「ねえ、もうそろそろ、よくない?」

脚を押さえつつ、俺の雄を握っていた月下がもどかしそうな声を上げ、桐谷に向かって口を尖《とが》らせた。

「ああ、そうだね。そろそろ大丈夫だろう。いくら君が下手だろうが」

「下手とは失敬な。これでもテクニシャンでとおっているのに」

ますます不満げになった月下だが、

「それじゃ、どうぞ」

と桐谷が俺の後ろから指を引き抜き場所を代わると、すぐさま上機嫌になった。

「やぁ……っ」

だが俺は今、それどころではない状態に陥ってしまっていた。『ゴールドフィンガー』を失った後ろはひくひくと、まるで自分の意思を超えたところで蠢き、堪《たま》らないとしかいいようのない思いに俺を追いやっていく。

「YOSHINO、ようやく一つになれる……」

感極《かんきわ》まった声を上げながら、月下が既に勃ちきっていた雄を、蠢いている後ろにねじ込んできた。

「あーっ」

堪らず背が仰け反る。そんな俺の身体を押さえ込みながら、芒野が、そして紅葉が、飽《あ》きることなくそれぞれに胸を舐り、囓《かじ》り、吸《す》い上げた。

「やっ……あっ……あっ……あぁ……っ」

一気に奥まで貫かれたあと、勢いよく突き上げられる。下肢がぶつかり合うときにパンパンと高い音が響くほどの激しい突き上げに、俺はあっという間に快楽の絶頂へと導かれてしまった。

「あっ……あぁ……っ……あっあっあっ」

リズミカルな突き上げに、両方の乳首に与えられ続ける刺激に、いつの間にか俺の雄を弄《さいな》んでいた桐谷の『ゴールドフィンガー』の動きに、最早何も考えられないほど、俺は昂《たか》まってしまっていた。

息が苦しいほどに喘ぎ、全身から吹き出す汗を持て余す。口から漏れる声も高かったが、息の熱さも相当なものだった。

全身が火傷《やけど》しそうなほどに熱し、脳まで沸騰《ふっとう》しているのではという錯覚《さっかく》に陥る。心臓は口から飛び出しそうなほどに高鳴り、もう、何が何やら俺はわからなくなっていた。

朦朧《もうろう》とした意識の中、ただただ快感に翻弄され、達してしまいたくて、たまらない気持ちになる。

「いく……っ……あぁ……っ……いく……っ……いく……っ……あーっ」

自分が何を叫んでいるのか、もうわかっていなかった。硬い木の台の上、快楽に身悶《みもだ》えのたうちまわる。無意識のうちに俺は、両胸を舐る芒野と紅葉の頭をそれぞれに抱えるような形になってしまっていた。

「YOSHINO……気持ちいいんだね」

「もっと気持ちよくしてやる」

芒野が、紅葉が嬉しげにそう告げ、二人して乳首をコリッと音が立つほど噛んできた。

「やぁ……っ」

痛みは覚えず、過ぎるほどの快感に、俺の口から悲鳴のような声が漏れる。

「いい加減、いかせてあげようか」

桐谷がそう言い、雄を一気に扱き上げた。

「あーっ」

さすが『ゴールドフィンガー』、その瞬間俺は達し、白濁した液を飛ばしてしまった。

「くっ」

射精を受け、後ろが激しく収縮したせいで、月下の雄が締め上げられたようだ。低く声を漏らして彼が達したのは、後ろに感じるずしりとした精液の重さで察することができた。

「う……っ」

堪らず喘いでしまったのは、ずる、と萎《な》えた雄を抜かれた直後に指を挿入され、月下の残滓《ざんし》を掻《か》き出されたためだった。

ひく、ひく、と思い出したように後ろはひくつき続けている。

「次は？」

「僕が」

「リョウは今日、乳首担当だろ？」

快楽が燻《くすぶ》り続ける身体を持て余し、台の上で蹲っていた俺の耳に、わいわいと騒ぐ皆の声が切れ切れに聞こえる。

と、そのとき優しい手つきで肩を摑まれ、再び仰向けに寝かされた。

「……え……」

まだ息が整わない中、見上げたそこにはロマンスグレーのマスターが白さも眩《まぶ》しいおしぼりを手に、にっこりと微笑《ほほえ》んでいた。

「汗《あせ》やら何やらで気持ちが悪いでしょう。拭《ふ》いて差し上げましょう」

そう言ったかと思うとマスターが丹念《たんねん》に俺の身体を拭い始める。

熱いおしぼりに肌を拭かれる感覚は確かに気持ちがよく、思わず、ほう、と溜め息を漏らしてしまった直後、皆の視線を集めていることに気づいてぎょっとする。

「エッチの最中には見せない、恍惚としたいい顔だ」

うっとり、と芒野が俺を見下ろし告げる横で、

「マスターはYOSHINOの癒《いや》しだな」

と紅葉もまた微笑んでいる。

「癒しタイムのあと、誰いく？」

「俺だろう」

当然のように紅葉がそう言い、マスターがすっと身を引いた横から、台上に上がり込んできた。

「……まて……っ」

両脚を抱え上げられ、まだ息も整っていないのに次とかないだろう、と抵抗しようとしたが、誰も俺の抗議の声など聞いてはいなかった。

「じゃあ僕は今日、乳首マスターになる」

芒野が自棄《やけ》になったように大きな声を上げて再び俺の胸に顔を埋め、

「じゃあ右は私がますます開発してあげよう」

桐谷が俺の右の乳首に手を添え、きゅう、と抓《つね》り上げてくる。

「やめ……っ」

「それじゃ、いくぞ」

紅葉が声をかける傍《そば》から、月下が周囲に問う声が響く。

「僕は？　何をしよう」

「ペニスになさったらどうでしょう」

マスターがそう言い、少し恥ずかしげに言葉を足した。

「陰嚢は私が担当しましょう」

「わかった、そうしよう」

月下が張り切った声を上げながらペニスを扱き上げ、マスターが陰嚢を揉みしだく。

同時に、紅葉がずぶり、と自身の雄を捻じ込んできた。

「や……っ」

鎮まりかけていた快楽の焔が一気に立ち上ったのがわかった。身体が火照り、鼓動があっという間に跳《は》ね上がる。

「あっ……あぁ……っ……あっ……あっ……あーっ」

いい歳をしたおっさんが女のように喘ぐのは恥ずかしい。そう思っているはずなのに、口から迸《ほとばし》る高い嬌声《きょうせい》を堪えることができない。

紅葉の体格を裏切らない力強い突き上げに、竿と陰嚢を別々に弄り倒される刺激に、右胸を舐られ、左胸を指先で苛《いじ》められる愛撫に、瞬《また》く間に快楽の階段を駆け上らされることになった俺は我を忘れて喘ぎ続けた。

「く……っ」

紅葉が達すると同時に俺も達し、白濁した液を撒《ま》き散らす。

「次は？」

「じゃんけんにする？」

「じゃんけんに強いからってそりゃないだろう」

ぜいぜいと息を乱す俺の周囲で皆が楽しげに騒いでいる。

「ごめえん、遅くなった！」

「鶴ちゃん、遅い！」

プロデューサーの鶴巻が駆けつけてきたのを朦朧とした意識で聞いていると、今度は冷たい感触を肌に得て、なんだ、といつしか閉じていた目を開いた。

視線の先では、にっこり、とマスターが慈愛《じあい》に満ちた顔で微笑み、今度は冷たいおしぼりで全身を拭ってくれる。

気持ちがいい――そのまま眠り込みそうになっていると、また、皆の視線を感じ、ぎょっとして周囲を見渡した。

「うーん、やっぱりこの顔、癒されるよなあ」

「気持ちよさそう」

うっとり、と皆が俺を見下ろしそれぞれに呟く。

「もっと気持ちよくしてあげるわよっ」

鶴巻が嬉々とした声を上げ、台の上に上がり込む。

「次、僕は何しようかなあ」

「今度は僕が乳首、いくよ」

「俺はペニスだ」

皆がまた俺の身体に群がってくる。

このままエンドレスで行為は繰り返されるんだろうか。カンベンしてくれ——そう叫《さけ》びたかったが、疲労感がその気力を奪《うば》っていた。

噎せ返るような精液の匂《にお》いの中、精を吐き出しきった身体をすっかり弛緩《しかん》させたまま俺は、鶴巻に腰を抱かれ、他の皆に身体を舐られ、触られながらも、眠り込むようにして意識を失ってしまったようだった。

Z
Z z Z z Z

「YOSHINO、大丈夫?」

頬を軽く叩かれ、意識が戻る。

「………あ………」

寝かされていた場所にはまるで見覚えがなかった。起き上がろうとし、身体があまりに軽く感じることに戸惑いを覚え、自身を見下ろす。

「桐谷先生がマッサージしてくれたんだよ。今夜も無茶させたから」

ごめんね、と詫びてきたのは芒野だった。

「大丈夫か?」

彼の後ろから紅葉が、

「ゆっくり寝ているといい」

その横から月下がそう声をかけてくる。

「ここは月下のマンションだよ。君の自宅に送りたかったのだけれど、場所がわからなかったものだから……」

芒野の説明で俺はようやく今、自分がどこにいるのかを知ることができた。しかし月下のマンションとなると、嫌な予感しかしない。まさか、と三人を見渡すと、三人はお互い顔を見合わせたあと、心底申し訳なさそうな表情となり、それぞれに頭を下げて寄越した。

「申し訳なかった。浮かれすぎたよ。君の体調も気持ちも考えず、無茶をしてしまった」

「今夜はもう何もしないから。ゆっくり休んでくれ」

「ここは客用寝室だからね。僕たち三人はリビングで飲み明かす予定だ。心配だったら内側から鍵をかけてくれていい」

芭野が、紅葉が、そして月下が俺に対し頭を下げると、再び三人で顔を見合わせた。

「行こうか」

「ああ」

月下の言葉に紅葉が頷く。

「あ、冷蔵庫の中に冷たいものが入っているから。温かい飲み物が欲しかったり、お腹が空《す》いていたりしたら、何でも用意するから声かけてね」

芭野が最後にそう言い置き、三人は神妙《しんみょう》な顔のまま部屋を出ていった。

「…………」

何がどうなっているのかわからない。それでも一応、と、ベッドを降りドアへと向かうと言われたとおり内側から施錠《せじょう》した。

ベッドに引き返す前に部屋の隅《すみ》に置かれた小型の冷蔵庫へと立ち寄り、中からミネラルウォーターのペットボトルを取り出す。

再びベッドに戻り腰を下ろすと、ミネラルウォーターを一気に半分くらい飲み干した。はあ、と深く息をついた瞬間、今夜の出来事が次々と頭に蘇り、思い出すんじゃなかった、とまたも深く溜め息をついた。

最初は月下、次は紅葉だったか。そのあと、桐谷だった気もするし、遅れて駆けつけてきた鶴巻に抱かれたような気もする。

突っ込まれている最中も、胸を、雄を弄られ続け、まさに『絶頂に次ぐ絶頂』を味わった。疲労困憊《ひろうこんぱい》ではあったが、ごく普通に動けているのは桐谷の『ゴールドフィンガー』の賜《たまもの》だろう。

昨夜からとんでもない体験をし続けている。すべて夢だと言われたほうがまだ納得できるような出来事の数々を思い起こすうちに俺は、堪らない気持ちに襲《おそ》われ、ペットボトルをサイドテーブルに下ろすとそのままベッドに突っ伏し、上掛けを頭の上から引っ被った。

思考がキャパオーバーしてしまい、少しもままならない。性的には実に淡白《たんぱく》な生活を送っていたはずの俺が、この二日で一体何人と、そして何回交わってしまっただろう。

やはり夢だ。そう思うしかない。立ち込める精液の匂いを思い出しそうになるのを必死で頭の奥に押しやり、俺は無理矢理、今までのことは『夢』だったのだと思い込もうとした。

眠ろう。目が覚めればもしかしたらすべてが『なかったこと』になっているかもしれない。

あり得ない希望を胸に眠りにつこうとする俺の耳に、それぞれの業界を極めたといっていい男たちの、己《おのれ》の名を呼ぶ幻《まぼろし》の声が響く。

『YOSHINO！』

『ああ、YOSHINO……っ』

『愛している、YOSHINO……』

そんな声を浴びせられる側の自分がいかに小さな、それこそ取るに足らない存在であることが申し訳なくも情けなく、次第に落ち込みが増す胸を抱えながら、俺は上掛けの中でぎゅっと目を閉じ、なんとか眠ってしまおうと無駄な努力を続けたのだった。

8

夢を見ていた。二十年前、『GAMBLERS《ギャンブラーズ》』の皆と笑い合っている夢だ。

俺はあまり夢を夢と認識して見ることはない。だが今日の夢は、若い頃の自分たちの姿を傍《ぼう》観者《かんしゃ》として見ているというシチュエーションで、ああ、夢だなと最初からわかっている珍しいパターンだった。

『鹿野《かの》、またファンの女、食ったんだって？』

よくやるよ、とドラムの雨月《うづき》が呆《あき》れた声を上げる。

『羨《うらや》ましいならそう言えよ』

ふふん、とボーカルの鹿野が自慢げに胸を張るのに、ギターの松田《まつだ》が眉《まゆ》を顰《ひそ》め、意見をし始めた。

『あまり派手なことやると、週刊誌に書かれるぜ？　俺ら、まだ未成年なんだし』

『来るモノは拒《こば》まず、だろ？』

うるさいな、と鹿野が顔を顰《しか》めるのに、『それなら』と雨月がにやりと笑う。

『枕《まくら》しろってオッサンが出てきたらどうするよ？　「来るモノは拒まず」で相手するのか？』

『そりゃするよな。鹿野のポリシーだもんな』

松田が囃《はや》し立てるのに『馬鹿か』と鹿野が心底嫌そうな顔になった。

『何が嬉しくてオッサンに抱かれなきゃならないんだよ』

女だって入れ食いなのに、と言う鹿野を尚も雨月が、

『オッサン、イケよ。ポリシーなら』

とからかう。と、鹿野がそれまで黙《だま》っていた俺へと——若き日の俺へと視線を向けたかと思うと、にや、と笑いながら肩を抱いてきた。

『オッサンは由乃《よしの》に任せるよ。お前、オッサン好きだもんな』

『え？　そうなの？』

『意外だなー、桜田、実はソッチか』

鹿野の冗談に、雨月と松田が悪のりし、俺をからかい始める。

『やめてよ。オッサンなんて趣味ないし……』

一人だけ年下だったこともあり、バンド内で俺は意見を求められるような場面でも殆《ほとん》ど口を開かなかった。

口答えをすることなど皆無《かいむ》といっていい。が『オッサン好き』には反論したい、と抗議の声を上げた俺に、鹿野たちはますます悪のりし、しつこくからかってきた。

『うそうそ。お前、絶対オッサン好きだろ？』

『そういや男のファン、多いよな。野太い声で「YOSHINOーっ」ってよく聞こえるし』

『オッサン好きならテレビ局のプロデューサーとかに抱かれてこいよ。で、俺らの仕事、取ってきてくれ』

『それ、いいねえ。趣味と実益《じつえき》を兼ねた枕』

『やれよ、由乃、抱かれてこい』

調子に乗った皆が、若い俺に絡《から》み始める。

『予行演習に、抱いてやろうか？』

『そうだな、お前、まだチェリーだろ？』

『童貞君《どうていくん》じゃあ、枕はキツいだろうしな』

鹿野が、雨月が、そして松田が俺の身体に手を伸ばす。

『やめてよ！』

冗談にしても、男に身体を触られるなんて気持ちが悪い。伸びてくる彼らの手を振り払おうとしても、すっかり悪のりしてしまっているようで、払っても払っても次々と三人は俺の身体に手を伸ばす。

『やめろって！』

いい加減にしろ、と叫んだ俺はそのとき自分が今現在の姿に——まさしく『オッサン』の姿になっていることに気づいた。

『え？』

わけがわからない。戸惑っている最中にも、若いままの鹿野や雨月、松田が手を伸ばし、俺から服を剝《は》ぎ取ろうとする。

『よさないかっ！　おいっ！』

こんな若造たちにいいようにされてたまるか。夢と認識していたことはすっかり忘れ、必死に伸びてくる手から逃れようとする。

だが三人がかりではいかんともしがたく、肩や脚を押さえ込まれ、身動きが取れなくなってしまった。

『やめろーっ』

にやにや笑いながら鹿野が俺のシャツへと手を伸ばす。ボタンを引きちぎられそうになり、堪らず悲鳴を上げたそのとき——。

「YOSHINO？　YOSHINO？」

「大丈夫か？」

肩を揺すられて俺は『悪夢』としかいいようのなかった夢から現実の世界へと呼び戻された。

「随分《ずいぶん》うなされていたよ。大丈夫？」

心配そうに顔を見下ろしてくる芒野の横から、

「水、飲むか？」

と紅葉がペットボトルを差し出してくる。

「……あ……」

まだ夢の中にいるみたいな感覚にとらわれていた俺は、反射的に手を伸ばし差し出されたペットボトルを受け取った。

「さあ」

月下が俺の背を支え、身体を起こしてくれる。

「ありがとうございます……？」

礼を言った直後、何かがおかしい、と気づいた。

確か俺は寝る前、部屋に鍵をかけなかったか――？

「YOSHINO、眠れないのなら添い寝してあげよう」

芒野がベッドに上がり込み俺を再び仰向けにしようとする。

「狡《ずる》いぞ、リョウ」

「それなら僕も添い寝だ」

反対側から月下が乗り込んできて俺にぴたりと身体を密着させてくる。

「なら俺も」

今度は紅葉が俺の上に覆い被さろうとしてきたのに、思わず俺は、

「いい加減にしてください！」

と大きな声を上げていた。

「鍵をかけていたはずですよね？　なぜ皆さん、入ってきてるんですか？　今日はゆっくり寝させてくれるんじゃなかったんですか？」

そういう話だっただろうが、とまくし立てると、三人は一様にバツの悪そうな顔になり、すごすごとベッドを降りた。

「ごめん、YOSHINO。怒った？」

「君の嫌がることはしないから。機嫌を直してほしい」

「ああ、約束する」

おろおろとし始めた三人を前に、それまで言いたくても言えなかった思いが爆発《ばくはつ》してしまったのはもしや、まだ俺が半分寝ぼけていたからかもしれない。

「嫌がることはしないって！　今までさんざん、してきたじゃないですかっ！　今更ですよ！　今更！」

「え？　YOSHINO、嫌だったの？」

「気持ち良さそうにしていたからてっきり、喜んでいるのだとばかり……」

「喜ぶかっ！」

冗談じゃない、とそれまで以上に怒声を張り上げたのは、彼らの言うとおり、自分が快感に喘ぎまくっている様が頭に蘇《よみがえ》ったためだった。

「ごめんよ、YOSHINO」

「どうか怒らないで」

更におろおろとし始めた三人を前にするうち、俺の胸にはやりきれない思いが込み上げてきてしまっていた。

「君の望みならなんでも叶《かな》えたい。そう思っているんだ。だって君は僕らの二十年来の憧《あこが》れの人だから」

芒野が目を潤《うる》ませ、俺にそう訴えかけてくる。

綺麗な瞳が天井の明かりを受けて煌めいている。まさに今、輝ける存在であることの証明だと、思わず瞳の光に見惚れていると、横から月下もまた身を乗り出してきた。

「リョウの言うとおりだ。君の笑顔のためなら僕らはなんでもする。君の輝ける微笑みを見ることこそ、僕らの幸せなのだから」

「ああ。俺も同じ気持ちだ。YOSHINOのためならなんでもしたい」

月下が、そして紅葉もまた訴えてくる。

「……………やめて……ください……」

芒野だけじゃない。月下も、そして紅葉も今、輝ける存在じゃないか——俺の中に膨《ふく》らむ『やりきれなさ』は、そこに端《たん》を発していたのか。そう察した瞬間だった。

「YOSHINO……」

「YOSHINO、そんな辛《つら》そうな顔、しないでくれ……」

俯《うつむ》く俺に芒野が、月下が声をかける。

「よく……見てください。俺はもう、あなたたちの知っているYOSHINOじゃない」

気遣われるとますますつらさが増す。堪らず俺は喋《しゃべ》り出していた。

「見ているよ。君はYOSHINOだ。それ以外の誰でもない」

「そうだよ。僕が——僕らが憧れてやまないYOSHINOに違いないよ」

「ああ。昔と何も変わらない。俺のYOSHINOだ」

芒野が、月下が、そして紅葉が次々と俺に声をかけてくる。

「違いますよ。もう俺は三十八のおっさんです。冴《さ》えない、ただのサラリーマンです。若い頃だって冴えちゃいなかったけれど、今はそれ以上に少しも輝いちゃいない、誰にも興味すら持たれない、ただのおっさんなんですよ」

そう——会社で俺に興味を持っている人間は皆無だ。部下は一応上司として立ててくれてはいるが、慕《した》われていると感じたことはない。

梨香子のような若い女性だけじゃなく、少々年齢がいってる女性にも、そして当然男にも、気にかけられたことなどないのだ。

それが現実で、ここ数日の、わけのわからないモテ期のほうが異常事態だ。されたことも勿論異常だが、俺が他人から憧れられる存在になること自体がおかしいのだ。

しかもその『他人《ひと》』がどれもこれも、物凄《ものすご》い光を放っている人物ばかり。本来なら逆なのだ、と俺は、心配そうに自分を見つめる三人を見返し、再び口を開いた。

「だからもう、いい加減にしましょうよ。世間的に見ても、あなたたちのほうがよっぽど輝いている。社会的地位が高いことは勿論ですが、根本的なところがもう、違うんです。同じ人間であって同じ人間じゃないというか、ああ、もう、何を言っているのかわからなくなってきましたけど、とにかくもう、いい加減目を覚ましてください。お願いしますよ」

「YOSHINO、目を覚ますのは君のほうだよ」

自分としては若干《じゃっかん》、捨《す》て鉢《ばち》感はあるものの、正論を言ったつもりでいたのだが、三人の心には届かなかったらしい。

芒野がそう言ったその傍から紅葉が熱く訴えかけてくる。

「いい加減も何も、昔も今も我々はお前に夢中なんだ」

「…………だから…………」

もう、何を言えばわかってもらえるのか。それともやはり俺はからかわれているのか？　どう考えても、この三人が俺に夢中というシチュエーションはおかしいだろう。

これ以上何を言えばその不自然さに気づいてもらえるのか。途方《とほう》に暮《く》れてしまっていた俺に、今度は月下が静かな口調で話しかけてきた。

「YOSHINO、君の言いたいことはわかる。君は自分が今、輝いていないと、そう思っているんだよね」

「…………はあ…………」

さっきから何度も言っているじゃないか、と思いつつも相槌《あいづち》を打つと、横でまた芒野と紅葉が、そんなことはない、と騒ぎかけた。

「君たちも聞いてくれ」

二人を黙らせ、再び月下が俺をじっと見つめながら口を開く。

「我々の目には輝いて見えるが、いくらそれをYOSHINOに言ったところで、YOSHINO自身が『輝いていない』と思い込んでいる以上、信じてはもらえないだろう。そこで提案だ。YOSHINO、僕たちに君を輝かせる、手伝いをさせてもらえないだろうか」

「え？」

意味がわからず問い返したのは俺だけで、芒野と紅葉は、

「なるほど！」

「それがいい」

と笑顔で月下の提案に頷き、それぞれに理解した内容を喋り始めた。

「『自分は今、輝いている』とYOSHINOが自分で思えるような……YOSHINOがなりたい『自分』になれるように、我々がバックアップするということだね？」

「幸い、皆、業界内ではそれなりに顔が利《き》く立場にいる。皆で力を合わせれば相当のことができる……というのは言い過ぎだが、YOSHINOのためなら不可能を可能にしてみせる。この三人だけじゃなく、鶴巻も、それに桐谷も喜んで力を貸してくれるだろう」

芭野が、そして紅葉が、嬉しそうに目を輝かせ、俺に訴えかけてくる。

「そういうことだよ」

月下が二人に笑いかけ、彼もまた唖然《あぜん》としていた俺へと訴えかけてきた。

「君の力になりたい。是非ならせてくれ。YOSHINO、君は何がしたい？　何をすれば輝けると思っている？　やはり音楽かい？」

「………いや、それは………」

遅まきながら俺にもようやく、彼らの言わんとすることがわかった。理解すると同時に、確かにこの輝けるオヤジたちの力を借りれば、相当のことができるに違いないとも察する。

「遠慮はいらないよ、YOSHINO。君は何をしたい？」

「音楽の世界となると鶴ちゃんか僕か。ああ、月下も音楽業界に知り合い、結構いるだろう？」

飲み友達とかさ、と芭野に言われ、月下が「ああ」と明るく頷く。

「作詞家の友人がいる。音楽プロデューサーもいるよ」

「俺もちょうど今、大手レコード会社社長の家の新築を頼まれているところだ」

紅葉の言葉に芒野と月下、二人して、

「ナイス」

「グッドタイミングだね」

と声をかけ合った。

「桐谷も顧客に誰かはいそうだし」

「テレビ出演となれば鶴ちゃんの出番だ」

「あのっ」

俺が関与しないうちに、どんどん話が進んでいく。このまま三人の会話を放置しておけば、明日にもレコーディングをするなどと言い出しかねない、と俺は慌てて盛り上がる三人の中に割って入った。

「なに？」

「YOSHINO、君の希望を叶えられそうだよ」

嬉しそうに答えてくれる皆に俺は、やはり遮ってよかったと心から安堵しつつ、

「音楽の道はまったく考えられないので……」

と断りの言葉を口にした。

「なんだ、そうなんだ」

芒野はがっかりした顔になったが、すぐさま気を取り直したらしく、

「それなら、何がしたい？」

と目を輝かせ、聞いてきた。

「言ってくれ」

「なんでも叶えるよ」

他の二人も身を乗り出し、俺をじっと見つめている。

「……………」

月下の瞳も、そして紅葉の切れ長の瞳も輝いていた。見つめられる自分の瞳はきっと虚ろに違いない。

だって俺には、『やりたいこと』がないから――。

「YOSHINO？」

黙り込んだ俺の顔を覗き込むようにし、芒野が問いかけてくる。

「……………やっぱり俺は………………輝いてないし、この先も輝けないと思います」

「YOSHINO、何を言ってるんだ？」

「充分輝いているし、この先はもっと輝けるよ？」

フォローを入れてくれる三人に、違うのだ、と俺は首を横に振ると、もともと自分は輝いてなどいなかったのだということをわかってもらおうと、考え考え話し始めた。

「俺は今まで、何かこれ、というものに心血を注いだことがなかった。自らこれがしたいと願ったこともなく、ただ流されるままにきてしまった。そんな俺が輝けるわけ、ないんです」

「バンドは？　頑張っていたじゃないか」

月下の問いに俺は無言で首を横に振った。

「頑張ってはいました……が、音楽をやりたいというのは俺の希望じゃなく、俺以外のメンバーの希望であり夢だった。俺は幼馴染《おさななじ》みのボーカルに誘われて、なり手がなかったベースを始めたに過ぎなかったんです。音楽をやりたくないというわけではなかったけれど、積極的にやりたいと思ってはいなかった……。かといって、他にやりたいことがあったわけでもなく、本当にさっき言ったとおり、流されるままに生きてきてしまったというか……」

だから大手芸能事務所からスカウトされたボーカルに切り捨てられ、音楽をやめざるを得なくなったときも、他のメンバーのように激昂《げっこう》することはなかったのだ。

浪人《ろうにん》して大学に進学したのも、音楽の世界を離れたはいいが、自主的にこれがやりたいというものがなかった、という理由からだった。

就職の際にも、手当たり次第に受けていただけで、この仕事につきたいという確固《かっこ》たる希望はなかった。

運良く、昔『GAMBLERS』のファンだったという松本社長に拾われ、経理を担当することになった。経理業務に必要な知識を得るため頑張って勉強はしたし、仕事にも真面目に取り組んでいるつもりだが、ならそれがお前のやりたいことなのか？　と問われたときには間違いなく『違う』という答えしか出てこなかった。

　これという夢もなく、希望もなく、ただ流されるがままに生きている。何より、そのことに今まで疑問を持った経験が一度もないという事実に、俺はすっかり落ち込んでしまっていた。

「そんな俺が今から輝けるわけないんです。過去でだって輝いていたわけがない。なんとも……恥ずかしい話です」

　本当に恥ずかしかった。最も輝いていると思しき男たちに説明するのは尚更、恥ずかしかった。

　だがそんな恥の多い人生を送ってきたのは誰でもない。俺自身だ。そのことに四十間近になって気づくとは、と、溜め息を漏らしそうになり、こんな場面で溜め息などつくのは恥の上塗《うわぬ》りだ、と気づいて堪えたそのとき、芒野がにっこりと笑い、すっと手を伸ばして俺の肩を叩いた。

「恥ずかしいことはないよ。人生終わったわけじゃないんだ。今までやりたいことが見つからなかったというのなら、これから探せばいいじゃないか」

「……これからって……」

　さすがにこの年齢から新しいことを始めるのは難しいのではないか——頭にその考えが浮かぶ。

「大丈夫。いくつになろうが遅いということはないよ」

俺の頭の中を覗いたようなことを言い、芒野が笑顔で頷いてみせる。

「ああ、そうだね。人生やり直しはきかないが、そのかわり未来はいくらでも自分の好きなように作れる。そうだろう？」

月下もまた俺の肩を叩き、彼の横では紅葉もまた、大きく頷いた。

「今は平均寿命も延びているからな。今までの人生よりこれからの人生のほうが長いんじゃないか？」

「そうそう。おじいちゃんになってから夢を叶えるというのでもいいじゃない」

かっこいいよ、と芒野が紅葉に、そして月下に「ねえ」と笑顔を向けた。

「そのとおり」

「そうだ、君の夢を見つけるところから手伝おうじゃないか」

月下がいいことを思いついた、というように明るく告げ、他の二人が賛同《さんどう》の声を上げた。

「いいね、それ」

「焦《あせ》ることはないんだからな。ゆっくり探せばいい」

三人して頷き合い口々に、

「決まりだ」

「ああ、決まりだな」

「いい考えだよ」

とまたも俺不在で結論を出している。

当事者を置いていくな――普段の俺ならそう突っ込んだだろうし、呆れもしただろう。だが
なぜか今、俺は呆れもしていなければ、憤りも覚えていなかった。

三人の思いやりを嬉しく感じる。あと二年で不惑《ふわく》の年になるというのに、今や俺は三人の心
のこもった発言に胸を熱くしていた。

「ありがとう……ございます」

感謝の言葉が口から零れる。と、三人は、別に打ち合わせをしていたわけでもないだろうに、
皆、一様に同じ反応を示した。

とんでもない、というように首を横に振ったのだ。

「君のためならなんでもするよ」

「そう。YOSHINOには本当に助けてもらったから」

「今の俺があるのもYOSHINOのおかげだからな」

皆して目を輝かせ、訴えかけてくる。以前にも同じようなことがあったが、やはり何度聞い
ても信じられない、と俺はその思いを口にした。

「あり得ないですよ。俺がみなさんの役に立てたなんて……」

「君の存在に助けられたのは事実なんだけどね」

苦笑する芒野の横で月下も紅葉も頷いている。

「君にそのつもりはなくても、皆の心の支えになってたんだ。ミュージシャンとしてのYOSHINOは君自身じゃなかったかもしれないが、たとえそれが『偶像《ぐうぞう》』だったとしても、その偶像に力をもらった人間がいるということを否定しないでほしいな」

月下の言葉に芒野が、

「『偶像』っていうとちょっとアイドルっぽいけどね」

と茶々《ちゃちゃ》を入れた。

「まさに僕のアイドルだったよ、YOSHINOは。寝ても覚めても君のことばかり考えていた」

月下が熱っぽい口調でそう言い、俺をじっと見つめてくる。

「……ありがとうございます……」

彼の瞳には『本気』があった。思い返すといつも彼の、そして芒野や紅葉らの瞳の中に嘘《うそ》は一つもなかったのだということに、遅蒔《おそま》きながら俺はようやく気づいたのだった。

ありがたい話だ。自分の身には過ぎるほどの――そう思いながらも礼を言うことができたのは、あのバンド活動にも何かしらの『意味』があったのだと実感し、同時にそれを喜ばしく感じたからに他ならなかった。

悪い思い出しかない、それこそ思い出したくもない過去の汚点だった。

ボーカルに捨てられたこと。それが原因の仲間内での醜《みにく》い争いに立ち会わざるを得なかったこと。

そうまでして独立したボーカルの凋落《ちょうらく》を見て、本人以上に惨《みじ》めな気持ちに陥ったこと。

だがたとえ『偶像』としてでも、少なくともここにいる三人の胸には何かを届けることができたのだ。

その結果、彼らの今の成功がある——とまではさすがに思えなかったが、それでも何かしらのものを彼らの胸に残すことができたのであれば、バンド活動もまったくの『汚点』ではなかったと、今こそ俺は思えるようになっていた。

声が自分でも弾んでいるのがわかる。心が軽くなったからだが、そんな俺の心情の変化は、三人にも伝わったようだった。

「初めてお礼を言ってくれたね」

月下が嬉しそうに微笑み、俺の手を握る。

「ようやく、信じてくれたんだね」

芒野がもう片方の手をぎゅっと握り、目を覗き込んできた。

「YOSHINO。好きだよ。今も昔も君のことが好きだ」

「ありがとうございます」

やはり信じがたくはあったが、そんな告白にも礼を言えたのは、俺自身が今までよりは自分のことを好きだと思えるようになったからだった。

「俺もだ。もう握る手はないが」

紅葉が残念そうに告げ、俺の頬に手を伸ばす。

「ダメだよ、紅葉。今日はもう、ゆっくり寝させてあげようって決めたじゃないか」

指先が触れる直前、芒野が抗議の声を上げ、紅葉を睨んだ。

「わかってる」

ぶすっとした様子で紅葉が呟き、手を引っ込めつつ芒野を睨み返す。

「……え……？」

別に期待したわけじゃないが――当たり前だ――そういう話になっていたのか、と俺は戸惑いながら三人を見渡した。

「ずいぶん無茶《むちゃ》させちゃったからね。明日の仕事に差《さ》し障《さわ》ったら大変だし、今日はみんなで自重しようと決めたんだよ」

月下が説明してくれたあと、ぎゅっと俺の手を一瞬握り、すぐに離した。

「浮かれて暴走しちゃったけど、YOSHINOに身体を壊されてしまっては申し訳なさすぎる。今更気づくなと怒られそうだけど、何より大事な君の身体をいたわることにしたんだよ」

芒野もそう言うと、握っていた俺の手を自身の口元へともっていき、手の甲《こう》に唇を押し当てるようなキスをした。

「おい」

「ずるいぞ、リョウ」

途端に紅葉と月下が色めき立つ。

「これ以上はしないよ」

芒野は苦笑しながら俺の手を離し、腰かけていたベッドから立ち上がった。

「それじゃ、おやすみ、YOSHINO。またうなされでもしない限り、僕らはおとなしく隣の部屋で飲んでるから」

「ゆっくり眠っておくれ。明日、会社へは僕が送ってあげるよ」

「おやすみ」

芒野、月下、そして紅葉が言葉と微笑みを残し、順番に部屋を出ていく。

「…………………」

ドアが閉まる瞬間まで、俺は三人の姿を目で追い続け、視界がドアで遮られた途端に思わず溜め息を漏らしていた。

それは『溜め息』というより『嘆息《たんそく》』といったほうがいいような種類のものだった。なんだか惚《ほう》けてしまって、思考がうまく働かない。

ただ一つわかるのは、身も心も、すっきりと軽くなっていることだ。またもはあ、と深く息を吐き出す俺の顔は笑っていた。

長い長い呪縛《じゅばく》から解き放たれたような、そんな錯覚《さっかく》に見舞われる。

実際、彼らと会うまで俺はそれほど日常を鬱々《うつうつ》として過ごしてきたわけではなかった。が、お世辞にも『生き生きと』は過ごしていなかったのは確かだ。

明日からは違う。すぐにこれという目標は見つからないかもしれないが、自分で自分を『輝いている』と思えるような、そんな人生の一歩を俺は踏み出すつもりでいた。

今まで自分をはっきり『嫌い』と思っていたわけではないが、今後はしっかりと『好き』と思えるような人間になろう。

自分が輝こうとすれば、目の前に広がる世界もきっと輝いて見えるに違いない。

不惑の年にまだ二年あってよかった。いや、たとえ四十になったとしても、惑《まど》いまくりながらでも人生の指標《しひょう》を探し、それを目指してあがいていこう。

こんな前向きな気持ちになる日がこようとは、まったく想像していなかった。

ごろり、と仰向けに横たわりながら俺は、いつの間にか両手を胸の上で組み、ぎゅっと握り合っていた。

今の今まで芒野と月下に握られていた手だ。その手を見つめる俺の脳裏に、彼らの、そして紅葉やマスター、鶴巻と桐谷という、俺の――YOSHINO のファンだという男たちの顔が順番に浮かんでくる。

全部彼らのおかげだ。感謝しなきゃな。しみじみとそう思いながら俺は、心の中で彼ら一人一人に対する礼を呟いた。

自分を好きになることができたのは皆のおかげだ。感謝してもしきれない。

うん、と頷いた俺の頭にそのとき、

『ちょっと待てよ?』

という自身の声が響いた。

なんだかとってもいい話のようになっているが、何か大事なことを忘れている――その『何か』を思い出すのに、そう時間はかからなかった。

『あっ……あぁ……っ……あっ……あっ……あーっ』

これでもかというほど喘ぎまくった自分の姿の幻が、頭に蘇ってきたためだ。

そうだ。感謝はしているものの、ああした行為はもう勘弁してもらわねば。

だいたい男同士ということはさておいても――おけるところが我ながらすごいと思うが――複数対一人、というのはどう考えても変だ。アブノーマルだ。

セックスは一対一でやるべきだし、その上俺はゲイじゃない。

彼らのことは嫌いではないが、セックスをするほど好きかとなると、いやいやいやいや、それはない、としか思えない。

明日にでも皆に、感謝の念を伝えると同時に、そのことをはっきりさせよう。そう心に決め目を閉じる。

目覚めたときには世界はもう、輝いて見えるかもしれない。いつにない高揚感《こうようかん》に包まれながら眠りにつく俺の頬にはやはり、微笑みがあった。

すぐに訪れた眠りは本当に心地よく、俺はその夜、ここ数年ないくらいに熟睡《じゅくすい》することができたのだった。

9

翌朝、約束どおり月下は俺を会社に送ると言ってくれたが、あまりに眠そうなので断った。聞けばほんの一時間前まで、芒野と紅葉と共に、彼が未《いま》だに保存している『GAMBLERS』がテレビ出演をした際のビデオの上映会をしていたそうだ。

テレビに出た回数は正確には思い出せないものの、何時間も上映し続けるほどはなかったはずだ。そう言うと月下は当然のように、

「何十回も繰り返し観たに決まってるじゃないか」

と笑顔で告げ、俺をこの上なく恐縮《きょうしゅく》させてくれたのだった。

睡眠時間、一時間の彼に車を運転させるわけにはいかない。前の晩熟睡し、気力も体力も漲《みなぎ》っていた俺は、自力で会社に行くと告げたあと、少し迷ってから月下に一つ頼み事をした。

「……え？」

月下が驚いたように目を見開く。

「僕は寝ぼけているのかな？」

「いや、寝ぼけてないです。宜しくお願いします」

呆然としている彼を残し、俺は我ながら『颯爽《さっそう》』という表現が相応《ふさわ》しい元気さで会社へと向かったのだった。

「おはよう」

いつもより大きな声で明るく挨拶し、自分の席につく。

「おはようございます……？」

部下たちが戸惑いながらも挨拶を返してくれる中、一人遠慮というものを知らない梨香子が、

「どうしたんですか、部長」

と驚きをそのまま俺にぶつけてきた。

「どうもしないが？」

「してますよ。なんかキラキラしてます。いつもどんよりしてるのに」

「…………『どんより』してたのか」

いや、わかってはいたけれど、ストレートに言われるとさすがにこたえる。少々落ち込みつつ梨香子に問うと、彼女が答えるより前に他の部下がフォローに回ってくれた。

「そういうわけじゃなく、今日は本当に生き生きされているなと……」

「眩《まぶ》しいなと思っただけでして……」

「眩しくはないだろう」

さすがに褒《ほ》めすぎだ、と俺はつい苦笑してしまった。

輝ける存在になりたいと願いはしたが、具体的にはまだ何一つ実践《じっせん》していない。ただ決意しただけで『眩しい』存在になれたら、こんな楽は話はないだろうと呆れはしたものの、正直、少し嬉しかった。

義務感という視点ではなく自分の業務を見つめるのは、なかなか新鮮《しんせん》だった。そのため顔が笑ってしまい、そのたびに梨香子から、

「何、笑ってるんですか」

と突っ込まれることとなった。

終業後、部下の一人から珍しいことに、

「このあと、飲みに行きませんか?」

と誘われた。部長になって初めてのことで、驚いたと同時に大変嬉しく感じたのだが、残念ながら今日は先約があった。

「悪い。明日なら都合がいいんだが」

「それじゃあ明日、宜しくお願いします」

誘うほうも、どうやら俺に断られるのではないかと少し緊張《きんちょう》していたらしい。ほっとしたような顔になったあと、笑顔で礼を言ってきた。

「ありがとうございます」

「こちらこそ。それじゃ、お先に」

上司が先に帰って申し訳ない。詫びつつ席を立つ俺に、部下は皆、

「お疲れ様でした」

「また明日」

といつになく明るく声をかけてくれた。因みに梨香子は俺が帰る前に帰っていた。俺としては好都合だったわけで、今日はついていると思いながら、社を出、タクシーをつかまえるべく大通りに走った。

俺が向かおうとしていた先は、バー『The Glass Menagerie』だった。今朝、月下に、皆を今夜、バーに集めてほしいと頼んでいたのだ。

集まってほしかった理由は、まず、礼を言いたかった。俺が人生を見直すきっかけを与えてくれたのは彼らに他ならないからだ。

そしてもう一つの理由は、感謝こそしているものの、今後はもう、セックスはしないと伝えるためでもあった。

俺一人を皆して抱くというシチュエーションはやはり異常だ。ＡＶでは３Ｐだの４Ｐだののキワモノはあるが、実践している人間はそうそういないだろう。

皆の気持ちは嬉しいが、セックスをするには互いの気持ちが『したい』という方向で一致していることが必要不可欠だ。

少なくとも俺のほうはまだそんな気持ちは芽生《めば》えていない。今後についてはどうとも言えないが、毎度押し倒されて順番に……という今の状況は俺の望んでいるものではない。

それをしっかり主張し、なんとなくなし崩《くず》し的にできあがりつつある現況《げんきょう》をリセットするために、俺は月下に頼み、皆を呼び出してもらったのだった。

まずは話を聞いてもらう。それが大事だ。バー『The Glass Menagerie』の前で俺は、一人、よし、と気合いを入れると、勢いよく店のドアを開いた。

「あ、YOSHINO！」

「待ってたよ！」

既に店内には、芒野、月下、それに紅葉と鶴巻、そして桐谷の五人が揃《そろ》っていた。カウンターの奥にはマスターもいる。

皆が皆、笑顔で迎えてくれる中、これからその笑顔が曇《くも》るであろうことへの幾許《いくばく》かの罪悪感《ざいあくかん》を抱きつつ、俺は彼らに近づいていった。

「YOSHINO のほうから会いたいと誘ってくれるなんて、感動だ」

言葉通り、本当に感動しているらしい芒野の頬は紅かった。

「待ちきれず、乾杯《かんぱい》してたんだ」

彼の横からそう声をかけてきた月下の目も潤んでいる。

「YOSHINOもさあ、飲もう」

そう言い、芒野がカウンターから取り上げたのは、ピンドン——ドンペリピンクのボトルだった。

物凄いデジャビュ。このままだと流される、と察し、慌てて俺は目的を達成するために口を開いた。

「すみません、乾杯の前に聞いてもらいたいことがあります」

「何？」

「静かに」

桐谷が身を乗り出し、紅葉がそんな彼をじろと睨む。

「なんなのかしら」

「だから静かに」

オカマ口調丸出しの鶴巻が浮かれた声を上げるのも制した紅葉が、話せ、というように俺を見た。

六人分の視線を一斉《いっせい》に浴びることになり、思わず、ごくり、と唾《つば》を飲み込んでしまったが、臆《おく》している場合じゃないと思い直し、何について話すか、まずはそれから明かすことにした。

「皆さんとの今後の関係について、私の考えを聞いてほしいんです」

その瞬間、彼らの間から歓声が上がった。

「今後の関係！」

「僕らとの将来について、考えてくれているのっ！」

「夢のようだ！　ああ、マスター、ピンドン、もう一本!!」

皆が皆、嬉しげに騒ぐ姿に暫《しば》し圧倒されたが、すぐ、勘違いを正さねば、と大声を張り上げた。

「聞いてください！　今後の関係というより、今のこの関係を見直したいという、そういう意味でして！」

「え？」

「どういうこと？」

わいわいと騒いでいた皆の注目を無事に集めることができ、やれやれ、とほっとしつつも俺は、勘違《かんちが》いを避《さ》けるためにできるだけストレートな物言いをしようと心を決め、再び口を開いた。

「皆さんが私に好意を抱いてくれているのは嬉しいし……」

「嬉しいってことは、両想いだねっ」

ストレートを心がけたはずがまず社交辞令《しゃこうじれい》——完全にそうだというわけではないが——から入ったため、芒野が歓声を上げてしまった。皆が一気に俺へと向かおうとするのがわかる。

「まずは聞いてくださいっ！」

もう二度と同じ轍《てつ》は踏《ふ》まない。そう決意し、俺は大声を張り上げ続きを話し出した。

「でも皆に抱かれるのは正直、本意ではないんです！」

「えっ」

「それは……っ」

その瞬間、店内の空気が凍《こお》り付いたのがわかった。皆が皆、ショックを受けた顔になり呆然と立ち尽くしている。

胸が痛む。が、ここで下手にフォローするとまた、勘違いをさせてしまうことになりかねない。心を鬼《おに》にし、言葉を続ける。

「俺はゲイではないし、第一、一度に複数対一人の関係というのはやはり不自然です。皆さんには人生を考え直すきっかけを与えてくださったということからも、非常に感謝していますが、やはり今の、その、なんといいますか、アブノーマルなセックスは改善すべきじゃないかと……」

「なんだ、そういうことか！」

ここで芒野が沈黙《ちんもく》を破《やぶ》り、明るい声を上げた。

「……え？」

何が『そういうこと』なのか。しかもなぜそうも嬉しそうなのか。嫌な予感しかしない。そんな俺の『予感』はやはり的中してしまった。

「YOSHINOは複数プレイが嫌だったんだ。ごめん、気づかなくて」

「いや、だからその……」

その前の『俺はゲイじゃない』はなぜにスルー？　それを主張しようとした俺の声に被せ、月下と紅葉の、

「そういうことか！」

「早く言ってくればいいのに」

という明るい声が重なる。

「やっぱりセックスはマンツーマンが基本だよね。今まで自分たちが我慢できなかったのもあるけれど、YOSHINOを少しでも気持ちよくしてあげたくて複数になっていた。でもそれがYOSHINOの本意じゃないというのなら、今後は一人ずつにしよう」

芒野が一気に言い切り、皆がぱちぱちと拍手《はくしゅ》をしつつ同意する。

「賛成」

「賛成だ」

「で、どういうローテーションにする？」

月下が問うのに皆がそれぞれ考え込む。

「あのですね、そういうことじゃなくて」

この隙《すき》に、と俺が上げた声はすぐ、アイデアを思いついた皆の声にかき消された。

「曜日ごとは？」

「いいね！　この場にはちょうど七人いるし」

桐谷の提案に、芭野がまず賛成する。

「な、七人……」
一、二、と数え、確かに俺を入れて七人の男がいることに気づいた。
「YOSHINOもカウントするのか？」

紅葉が首を傾げるのに、

「一人エッチがしたいときもあるってこと？」

いやん、と鶴巻がいやらしげな声を出す。

「休養日だよ。アルコールにだって休肝日《きゅうかんび》があるだろう？　たまにはYOSHINOも休ませてあげないと」

芭野の言葉に皆「なるほど」と相槌を打つ。

「ちょ、ちょっと待ってくれ」

俺が言いたかったのはそういうことじゃなく、セックスという行為を考え直そうという意図だったのだが、既に誰が何曜日と決め始めた彼らは聞く耳を持ってくれなかった。

「店は日曜日が休みなので、私は日曜日を希望します」

俺の癒しであるはずのマスターまでもがすっかり乗り気であることに愕然とする。

「マスター、日曜はYOSHINOも休日だから一日中独占しようって腹でしょう?」

させるか、と月下が異議を唱《とな》え、皆が、

「そうだ」

「狡いよ」

と彼に同調する。

「土日は交代制にしよう」

「いっそ、月ごとに曜日を変えたらどうだ? 不公平感がないように」

「それ、いい!」

やはり俺不在で会話が続いていくのを前に、軌道修正はもう不可能なのかと俺は頭を抱えてしまった。

「YOSHINOに別件が入ったときはどうするんだ?」

「『休肝日』と振り替えてもらえばいいんじゃない?」

「休めるのは肝臓《かんぞう》じゃないけどな」

俺以外の六人の間で和気藹々《わきあいあい》と話が勝手に進んでいく。

「ああ、夢のようだ。YOSHINOと二人っきりで過ごせる夜!」

「二十年前の自分に教えてやりたいよな。こんな幸せが未来には待っているんだぞと」

嬉しげにそんなことを言われては、ますます『そうじゃなくてですね』と口を挟《はさ》みづらくなった。

とはいえ、複数対一人じゃなくなることで、まあ、よしとするか——などという妥協《だきょう》ができるわけもない。

「あのですね、曜日ごとに一人ずつじゃなく、そもそも……」

それで意を決し、再び自分の主張を聞いてもらおうとしたのだが、店内には今や俺の話に耳を傾けてくれる男は誰もいなかった。

「よし！　じゃんけんだ!!」

「じゃんけんはリョウが強すぎるからダメだ。あみだにしよう、あみだに」

「それではあみだくじを作りますね」

まるで子供のようにはしゃぐ彼らを微笑ましい——とは到底思えず、必死で声を張り上げる。

「だからー！　マンツーマンとかそういう問題じゃなく、セックスすること自体を考え直そうと、そう言ってるんだ！」

「え？　マンツーマンもいやなの？」

「……ということは？」

「たまには複数もやりたいってこと？」

「なんだ、それならそうと言ってくれないと」

またも皆が俺の言葉尻を捉え、いいように誤解《ごかい》したことを言いだす。

「違うって!」

もしやわざとか――?　わざとだよな?　と怒声を張り上げようとしたが、一段と騒ぎ始めた彼らの耳に俺の声は届かなかった。

「難しいな。一週目がマンツーマン、二週目が複数……か?」

「複数も3Pとか4Pとか、バリエーションをつけたほうがいいかも」

「どういうクジを作ればいいんだか」

「パソコンを持って参りましょう。あらゆる組み合わせを計算式で求められます」

マスターの提案に、皆が歓声を上げる。

「さすが、マスター!」

「コンピューターはやっぱり、役に立つねえ」

「あたしもパソコン使うけど、エクセルとか無理だわー」

「だからーっ」

人の話を聞け、と怒鳴りつけるも、誰一人として聞く耳を持ってくれない。

「YOSHINOは経理部長だから、関数なんてお手の物なんだろうな」

「そうだ、YOSHINOに計算式を作ってもらったらどうだろう」

芒野が、月下が、紅葉が、桐谷が、鶴巻が、そしてマスターが、皆して期待のこもった眼差《まなざ》

しを俺へと向けてくる。

なんで俺がそんなものを作らなければいけないんだ――すっかり脱力しながら俺は、それぞれの業界で輝きを放っている極上のオヤジたちを見渡し、はあ、と深い、海よりも深い溜め息を漏らしてしまったのだった。

あとがき

はじめまして&こんにちは。愁堂《しゅうどう》れなです。

この度は十五冊目のラヴァーズ文庫『オジさんパラダイス～愛《あい》される理由《わけ》～』略して『オジパラ』をお手に取ってくださり、本当にどうもありがとうございました。

希望としては受ももうちょっとオジさんにしたかったのですが、担当様に止められました（笑）。どこを向いてもイケてるオジさんばかりという作品となりましたがいかがでしたでしょうか。とても楽しみながら書かせていただいたので皆様にも楽しんでいただけるといいなとお祈りしています。

奈良千春《ならちはる》先生、今回も感動のイラストをありがとうございました！　先生のイラストでタイプの違う素敵なオジさんたちを沢山拝見できて、めちゃめちゃ幸せでした！

担当様をはじめ、本書発行に携わってくださいました全ての皆様に心より御礼申し上げます。

次のラヴァーズ文庫様でのお仕事は来年文庫を発行していただける予定です。

また皆様にお目にかかれますことを切にお祈りしています。

平成二十五年八月吉日

愁堂れな

（公式サイト『シャインズ』http://www.r-shuhdoh.com/）

Lovers Label

オジさんパラダイス～愛される理由～

ラヴァーズ文庫をお買い上げいただきありがとうございます。
この作品を読んでのご意見・ご感想をお聞かせください。
あて先は下記の通りです。

〒102－0072
東京都千代田区飯田橋2-7-3
(株)竹書房 ラヴァーズ文庫編集部
愁堂れな先生係
奈良千春先生係

2013年10月2日
初版第1刷発行

●著 者
愁堂れな ©RENA SHUHDOH
●イラスト
奈良千春 ©CHIHARU NARA

●発行者 後藤明信
●発行所 株式会社 竹書房
〒102－0072
東京都千代田区飯田橋2-7-3
電話 03(3264)1576(代表)
03(3234)6246(編集部)
振替 00170-2-179210
●ホームページ
http://bl.takeshobo.co.jp/

●印刷所 共同印刷株式会社
●本文デザイン Creative·Sano·Japan

ISBN 978-4-8124-9663-3 C 0193